高卒、無職、ボッチの俺が、現代ダンジョンで
億を稼げたワケ
～会社が倒産して無職になったので、
今日から秘密のダンジョンに潜って
稼いでいこうと思います～
Satou Tarou
砂糖多労
Illust
キッカイキ
TOブックス

# Contents

Illust キッカイキ　Design アオキテツヤ(musicagographics)

# 第一章　ＧＯ ＴＯ ダンジョンキャンペーン！

『大穴探様の今後いっそうのご活躍をお祈りいたします』

「はぁぁぁぁぁ。またダメだ」

目の前のスマホにはいわゆる『お祈りメール』が表示されていた。これで五十社目のお祈りメールだ。

俺は倒産した会社のオフィスの片隅で深々とため息を吐いた。がらんとしたフロアには机の一つもなく、残っているのは地面にポツンと置かれた電話と俺が今腰掛けている借金取りが回収できなかった廃材の山だけだ。社長室からは社長が何かを殴るような音が聞こえてきており、ちょっとしたホラーゲームのステージみたいな感じもする。

書類選考は問題なく通るのに、面接となると一次面接すら通ったことがない。今回の会社も、書類選考までは好感触だったのに、面接では相手がビクビクしていてほとんど話ができず、面接の翌日にはこうしてお祈りメールが送られてきてしまった。

「……やっぱり顔か？」

そう言って俺は自分の目元に触れる。

俺は昔から父親譲りの悪人顔だと言われてきた。高校時代は何もしていないのに地元のヤンキーからは『不滅の竜』なる不名誉なあだ名で呼ばれていて、恐れられていた。

どうやら、筋金入りのヤンキーだった親父の異名らしい。親父は名の知れたヤンキーで、俺の母親を孕ませた後、どこかの抗争で死んでしまったそうだ。

そんな感じだから友達も少なく、当然、彼女なんてできたことがない。

「仕方ない。とりあえず、内職でも探すか」

そう思って内職の求人サイトを開く。他の仕事と違い、内職系は全く誰とも会わずに仕事を進めることができる。そのため、俺でも簡単に仕事が見つかるのだ。

「ん？　なんだこれ？」

いつもの仕事を探しているサイトを開くと、一番上にゲームアプリの宣伝広告が表示されていた。

いつもならスルーするのだが、俺はその煽り文句が気になってしまっていた。

『ダンジョンGo！　GO TO ダンジョンキャンペーン実施中!!　今なら初回ダンジョンクリア報酬として10，000円プレゼント!!　モンスターを倒して、〝ストレス発散〟しませんか？』

普段ならゲームアプリなんてスルーするのだが、どうやら、これはゲームを遊ぶだけでお金がもらえるらしい。もしかしたら最近流行りのゲームでお金を稼ぐ『Play to Earn』ってやつかもしれない。確か、俺より先に辞めていった誰かが、それで稼いでいくって言ってた気がする。もしそうなら、内職の代わりになるかもな。

それに、今は暇だし、何より、ストレス発散という文言が気になった。会社の倒産に関係して、色々とあったのでストレスが溜まっているのだ。

「一体どんなゲームかな？　ストレス発散って書いてあるし、無双系みたいに雑魚Ｍｏｂを倒しまくるやつかな？」

俺はアプリを早速ダウンロードする。ダウンロードは一瞬で終わった。いくつか『本当にダウンロードしますか？』とか、『あなたの情報を取得しますがよろしいですか？』みたいなポップアップメッセージが出たので、ダウンロードが始まるまでの時間のほうが長かったくらいだ。

もしかして、ウイルスとかだったか？　まあ、このスマホには実家と会社の電話番号しか入ってないし、最悪初期化すればいいか。なくなったら困る友達のアドレスとかも入ってないし。

いかん、泣けてきた……。

「お。ちゃんとアプリゲームみたいだな」

『ダンジョンＧｏ！』を起動すると、マップが表示された。ここら一帯の地図だ。そこに幾つかのアイコンが配置されており、どうやら、これがダンジョンのようだ。

「位置情報を使ったゲームだったか」

スマホのＧＰＳ機能を使って位置情報を取得して遊ぶゲームがある。『ダンジョンＧｏ！』はそれ系だったらしい。

「この系統のゲームは結構しんどいんだよな。……お金も手に入るみたいだし、とりあえず遊んでみるか」

位置情報を使ったゲームはユーザーが動き回らないといけないから、結構めんどくさいのだ。散歩はストレス発散にいいと聞いたことがあるから、もしかしたら自分で動いてストレス発散をしろってことか？

もしそうなら幻滅だ。とりあえず一つダンジョンをクリアしてみて、一万円だけもらって、面白くなさそうなら削除だな。

「……ここからじゃどこのダンジョンにも潜れないな」

ダンジョンを示すアイコンは地図上にたくさんあり、それを選択すると、ダンジョンの情報が表示されるようだ。それぞれ、A～Fの等級が振られているらしい。Aが一番上で、Fが一番下かな？　正確にはBは見当たらないが、そういう感じの割り振りがされてそうだ。

「できれば一番簡単そうなF級に入りたいんだけど、結構遠いんだよな」

今いる場所からだとどのダンジョンも少し遠い。一番近いダンジョンも『このダンジョンに突入する場合、もっとダンジョンに近づいてください』というメッセージが出て、『突入』ボタンが選択できない。

「この場所を離れるわけにはいかないからなぁ」

今、社長室には社長がいる。定期的に何かを殴るような音が聞こえてくるから、今日も荒ぶっているのだろう。

昔は温和な人だったんだけど。

社長の奥さんに社長のことを見ておいてほしいと言われているから、放っておくわけにもいかないんだよな。社長にも奥さんにも色々お世話になったし。

「お？」

すると、目の前にダンジョンが発生した。ランクはＩ。ＡＢＣＤＥＦＧＨＩだから、かなりランクは低い。

もしかしたら、チュートリアルダンジョンかもしれない。

「とりあえず、これに潜ってみるか」

ダンジョンを選択し、『突入』ボタンをタップする。

「え？」

次の瞬間。俺が腰掛けていた廃材が消失した。

＊＊＊

「いてて。なん……」

「シャアァァァァァ!!」

「うわぁぁぁぁぁ！」

俺は大声を上げて迫ってくる何かを訳もわからず持っていたカバンで殴った。

——ゴス！

カバンは『何か』にクリーンヒットし、『何か』は壁際まで転がっていき動かなくなる。

「あ！　やべ！」

このカバンには国語辞典（お局の武井さんにもらった）やダンベル（筋トレ好きの中村さんにもらった）が入っていて無茶苦茶重い。そんなもので殴ってしまったら相当危ない。

――タタタタッタッタッタ――！

「へ？」

転がっていった何かの様子を確認しようとすると、どこからともなくファンファーレが響く。

――ボフ

「は？」

そして、その直後、俺が殴った何かが煙になって消失した。

「なんなん、うわ！」

そして、目の前に半透明の板が出現する。連続する超常現象に目を白黒させながらウインドウを覗き込むとそこには『初回ダンジョンクリアおめでとうございます』と書かれていた。そして、それが表示されると同時に、透明な板の中から一万円札が出てきて、ひらりひらりと舞い落ちる。

「……どういうことなんだってばよ」

俺は地面に落ちた一万円札を拾って途方に暮れてしまった。

＊＊＊

「……だいたいわかった」

俺はあの後、訳のわからない状況になった原因が『ダンジョンＧｏ！』というアプリにあると判断し、アプリを開いてみた。すると、そこにはヘルプ機能がついており、ヘルプの中にいろいろな情報が書かれていた。

どうやら、俺の腰掛けていた廃材が消えたわけではなく、俺がダンジョンという場所に転移させられていたようだ。

俺が今いるダンジョンというのは、人間の負の情念が固まってできたものらしい。マナと呼ばれる人間の感情などが生み出すエネルギーは本来、龍脈にのって循環しているのだが、強い負の情念などは一か所にとどまり、結石のように凝固してしまう場合がある。アプリはその凝固してしまったエネルギーをモンスターやダンジョンという形で具現化する。

そして、そのモンスターを倒したり、ダンジョンを攻略したりすることで、その情念が浄化され、龍脈にのって循環するようになるそうだ。このアプリの運営はその浄化作業を行なった報酬としてお金を払っている。

このヘルプは一度以上ダンジョンに入らないと見つけることができないようになっているらしい。他にもジョブシステムやら、パーティーシステムやらが解放されていた。

普通は初めてダンジョンに入ると、このヘルプを確認し、ジョブを設定したりして戦闘するか、そのままダンジョンから離脱するんだそうだ。俺の場合は、ダンジョンが小さすぎて初めてエントリーした部屋にモンスターがいたため、問答無用で戦闘になってしまった。ジョブ補正なしだと、大体の場合モンスターに負けてしまうらしいので、カバンに凶暴なものが入っていてよかった。武井さん、中村さん、ありがとう。

明らかに持って帰るのが面倒だっただけだと思うが。

ちなみに、どういう仕組みかわからないがこのアプリは適合者にしか見つけられないようになっ

ていて、適合者同士じゃないとダンジョンの話ができないようになっているらしい。そんなバカなとは思うが、いきなり人間を変な場所に飛ばすことができるアプリを作ってしまった運営だ。嘘だとは断言できない。

「で、帰るにはこのメッセージウインドウを進めればいいわけか」

俺はさっきから表示されっぱなしのメッセージウインドウを見る。謎の技術によって空中にいきなり出現した透明な板だ。何かよくわからないものだったので、さっきからほったらかしにしていた。使い慣れたスマホと、初めてみる謎ウインドウならスマホの方を先に見るのが人情というものだろう。だが、どうもこれを進めていかないとこのダンジョンからは出られないらしい。このウインドウは戦闘後やダンジョン攻略後に出るらしく、これを閉じないとどこにもいけないそうだ。そうへルプに書いてあったので試してみたら、ウインドウから一定の範囲から出ようとすると、透明な壁のようなものがあり、前に進めなかった。外から内に入ってこないかはわからないが、少なくとも、内から外には出られないようだ。

「とりあえず、進めていくか」

ウインドウの右下にある「次へ」ボタンを押すと、メッセージが切り替わる。

---

怨嗟の大醜鬼（I）を倒しました。

経験値を獲得しました。

【エラー】ジョブがセットされていません。

全てのジョブに均等に経験値を分配します。
怨嗟のダンジョン（Ｉ）が攻略されました。
報酬：３円獲得しました。
称号『ビギナーズラック』を獲得しました。
称号『無敵の人』を獲得しました。
称号『一撃必殺』を獲得しました。
称号『勇者』を獲得しました。
称号『御命頂戴』を獲得しました。
称号『無慈悲』を獲得しました。
称号『魔王』を獲得しました。
ユニーク称号『最速ダンジョン踏破者』を獲得しました。
ユニーク称号ボーナスとして、セカンドジョブを設定可能となりました。

---

なんかいっぱい出た。普通は経験値と報酬の獲得だけのはずだが、この下に出てる称号ってなんだ？

＊＊＊

「ふむふむ。一定の条件を満たすと称号が手に入るのか」

俺はメッセージウインドウを表示したまま再びヘルプを確認していた。ヘルプには『称号』というものが追加されていた。

多分さっきはなかったので、俺が称号を得たから増えたのだろう。実際中を開いてみると、俺が取得した称号の詳細なんかが書いてあった。

俺が取得した称号以外の称号については書かれていないので、おそらく、称号を取得したら増えていくのだろう。どういう仕組みで増えていくのやら。

考えたら負けかな？　なぜか『ダンジョンＧｏ！』のアプリを閉じることもできなくなってるし。おかげで時間もバッテリー残量も確認できない。

とりあえず、得た称号の詳細はこんな感じだ。

『ビギナーズラック』

初戦闘でクリティカルを出すと取得できる。

効果
・クリティカル率が上昇する。
・運のパラメーターが上昇する。
『無敵の人』

ジョブを設定しない無職のままダンジョンを攻略すると取得できる。

効果
・ダメージを受けても痛みをあまり感じなくなる。

・攻撃力関係のパラメーターが微増する。
『一撃必殺』
ボスモンスターを通常攻撃一発で倒せば取得できる。
効果
・高確率で『食いしばり』を貫通して敵を倒すことができる。
・攻撃力関係のパラメーターが上昇する。
『勇者』
ソロで格上のモンスターばかりのダンジョンを踏破すると取得できる。
効果
・致死ダメージでも死なない『食いしばり』が高確率で発動する。
・攻撃関係のパラメーターが上昇する。
『御命頂戴』
他のモンスターと戦わずにボスモンスターを倒すことで取得できる。
効果
・ジョブ『忍者』を獲得する。
・ダンジョン突入時、ボスモンスターのいる場所がわかる。
『無慈悲』
ダンジョン内の全てのモンスターを倒してダンジョンを攻略すると取得できる。

効果
・広範囲攻撃力が上昇する。
・ダンジョン突入時、自分のレベル以下のモンスターの場所が取得できる。
『魔王』

ソロでダンジョン内の全てのモンスターにヒットポイントの倍以上のダメージを与えて倒すと取得できる。

効果
・魔法系攻撃力が上昇する。
・魔法系防御力が上昇する。
『ビギナーズラック』は読んで字のごとくだろう。もしかしたら、弱いモンスターだったから急所が広いとかあったのかもしれないが、今ではもうわからない。

『無敵の人』や『勇者』はジョブを設定せずにダンジョンを攻略したおかげで出た称号だろう。

『無敵の人』は説明文からも無職でダンジョンを攻略すると取得できると書かれている。もしかして、『無敵の人』って無職を意味するネットスラングから来てたりするのか？　まあいい。便利な称号が手に入ったことを喜んでおこう。『勇者』もおそらく、無職の状態でダンジョンに挑んだから手に入った称号だと思う。ジョブなしだとＬｖ０扱いのようなので全てのモンスターが格上だ。

一度ジョブを設定するとジョブなしには戻せないようなので、この二つの称号を持っている奴は少ないかもしれないな。

ラッキーだった。

いや、ジョブなし状態でダンジョンアタックなんて危ないことをさせられたのだから、ラッキーではないか。

残りの称号はIランクのダンジョンに潜れたから手に入った称号なんじゃないかと思う。『一撃必殺』、『御命頂戴』、『無慈悲』はIランクみたいなボス一体しかいないダンジョンじゃないと達成は難しい気がする。今回潜ったダンジョンは一部屋しかなかったが、他のダンジョンはもっと広くてモンスターもいっぱいいるのだろう。そうなればボスモンスターだけを狙うのは相当難しくなるし、全部のモンスターを倒すなんていうのも困難なはずだ。『魔王』に至っては相当運がいいか自分とダンジョンのランク差がないとダメだ。他のダンジョンはF以上しかなかったのにGとHを飛ばしてのIランクだったからな。

「でも、いちばんの大物はこれだよな」

ユニーク称号『最速ダンジョン踏破者』

ダンジョン突入から踏破までの最短記録の保持者が取得できる。

記録が塗り替えられた場合、この称号は消失する。

効果
・獲得経験値が倍増する。
・移動速度が倍増する。
ユニーク称号という一人にしか与えられない称号だ。他にもユニーク称号はあるようだが、そのユニーク称号を一つでも持っていれば、ジョブが二つ同時にセットできるというのがとてもありがたい。実質一人で二人分の仕事ができるということなのだから。

これからダンジョンにアタックするにあたって、これはかなり役に立つはずだ。俺は今後もダンジョンに潜るつもりでいた。だってこんなに短い時間でお金が稼げてしまったのだから。

しかも、もっとレベルの高いダンジョンに潜れば、もっとたくさん稼げるはずだ。やらない手はない。

「明日から暇になるし、ダンジョンをどんどん攻略していきますか」

俺は明日からの予定を考え始めた。

＊＊＊

「やべ！　かなり時間をかけちまった！　さっさと帰らないと。社長、暴走してないといいけど」

社長の奥さんに見ているように頼まれていたのに、かなり長い間放っておいてしまった。

最近の社長はかなり暴力的だ。奥さんや娘さん、そして、息子のように可愛がってくれている俺の前では比較的マシだが、その三人がいないところだと荒れっぷりがやばいらしい。俺の場合、顔が怖いから冷静になってしまうだけかもしれないが。

昔はかなり温和な人だったんだが、会社が傾きだしてから変わってしまった。武井さんや中村さんに聞いた話だと、闇金業者にゴルフクラブ持って殴り込みに行こうとしたこともあるらしい。

会社が傾きだしたきっかけは一緒に事業をしていた会社が倒産したことだった。その会社の社長は夜逃げしてたくさんの借金が残された。そして、その借金の幾分かが共同で事業をしており、仲の良かった社長に回ってきてしまったのだ。

そこまでは仕方のないことだ。うちの社長も事業に関わっており、失敗したことは社長にも問題があった。だが、そこからが問題だった。

逃げた社長が闇金から金を借りていたようなのだ。闇金はいくつかの借金の連帯保証人だったうちの社長のところに取り立てに来た。

取り立ては苛烈で、はっきり言って違法なものだった。電話は四六時中鳴り止まず、オフィスに取り立てに来るのは当たり前で、取引のある会社なんかにも取り立てに行ったらしい。警察も動いてくれたのだが、どういうわけか警察がいるとあいつらは現れない。それどころか、結構大きな組織なのに本拠地がどこにあるかもわからなかったのだ。かなり念入りに捜査したにも拘らずだ。

警察の人から聞いたのだが、奴らは結構前から存在する半グレ組織で、ずっと捜査を続けているが、まだ尻尾を捕まえられていないそうだ。

そんな状況なので、取引先は潮が引くように去っていき、社員もとばっちりを恐れて次々辞めていってしまった。そうして、結構勢いのあったうちの会社は半年で倒産した。

社長は奥さんと離婚し、借金を返すために明日からマグロ漁船に乗ることになっている。

＊＊＊

「やっべぇ」

戻ってくるとオフィスは静まり返っていた。先程までBGMのように響いていた社長が何かを殴る音が聞こえない。もしかしたら、社長は出ていってしまったのかもしれない。

「社長。いますか？」

俺は急いで社長室に近づき、ノックをする。すると、社長室の扉はすぐに開く。

（良かった、ちゃんといた）

だが、社長室から出てきた社長を見て俺は度肝を抜かれることになる。

「おぉ。サグル。待たせちまって悪いな。さっさと帰ろう」

「え？　社長。ですよね？」

「？　他の誰に見えるってんだよ」

「いや、えーっと」

社長は昔のような温和な表情で微笑みかけてくる。さっきまで鬼のような表情で何かをボッコボコにしていた人とは別人みたいだ。ひん曲がったゴルフクラブとボコボコになった机が社長の後ろに見えるので、おそらくさっきまで怒っていたのは間違いない。

「悪い、心配かけちまったな。さっきどうしてかすーっと怒りが抜けてな。冷静になってみると、あんなものを殴ってるより、どうやって一刻も早く借金を返すか考えた方が得だと思ったんだよ」

「……そうですか」

もしかしたら、『ダンジョンＧｏ！』のおかげか？　さっきできたダンジョンは社長の負の情念が固まったものだったのかもしれない。

社長の負の情念がダンジョンを作るレベルまで達して、ダンジョンができた。できたてのダンジョンだったから、難易度も低かったのかも。そして、そのダンジョンを俺が攻略したから、社長の負の情念が消えて、冷静になったとか。

本当にそうかはわからない。でも、もしそうなら少し嬉しい。社長には色々とお世話になった。その社長にどんな形であれ恩返しができたことはかなり嬉しかった。

「じゃあ、俺はこのまま港のほうに行くから。お前も達者で暮らせよ」

「はい。社長もお元気で」

颯爽とさっていく社長の背中を俺は少しの達成感を抱きながら見送った。

【あつまれ】探索者情報共有掲示板274【探索者】

1：名前：名無しの探索者

ここは『ダンジョンGo！』ユーザーの情報共有掲示板です。

謎パワーによって一般ぴーぽーは見つけられないので、安心して書き込みましょう。

称号の取得方法や効率的なモンスターの倒し方など有益な情報の共有をしましょう。

ここで嘘や煽りなどはお控えください。

こう言っても、嘘や煽りをする探索者はたくさん出るので、話半分で聞くように心がけてください。

２３２：名前：名無しの探索者
おい！　新情報だ！　『最速ダンジョン踏破者』の称号が移ったらしい！

２３３：名前：名無しの探索者
＞＞２３２
まじか！　あの一分攻略が更新されたのか！　どうやったんだ？

２３４：名前：名無しの探索者
＞＞２３３
わからん。だが、竜也が称号を失ったのは事実らしい。さっきめっちゃ荒れてたから多分間違いない。

２３５：名前：名無しの探索者
＞＞２３４
竜也ザマァァァァ！　今日は飯がうまい！

236：名前：名無しの探索者
＞＞234
竜也は一年ぐらい前から探索者を集めた半グレ組織とか作ってかなりあくどくやってたからな。
俺も飯がうまい。警察にもマークされてるみたいだし、このまま潰れてくれたらいいんだが。

237：名前：名無しの探索者
＞＞236
警察にマークされる組織作ってるとかまじかよ。それって捕まらないのか？

238：名前：名無しの探索者
＞＞237
どうやら、ダンジョンに逃げ込んで逃げおおせてるらしい。本拠地に行く前に一度ダンジョンに入って追っ手を撒いてから集合してるんだってさ。

239：名前：名無しの探索者
＞＞238
頭いいな。突入場所と出てくる場所は一緒だし、ダンジョン内では時間の進みが10分の1になるとはいっても時間は進むから、ダンジョン内である程度時間を潰せば尾行も撒けるってことか。

２４０：名前：名無しの探索者
＞＞２３９
それに、謎パワーのおかげでダンジョンから出た直後はパーティーメンバー以外からは見つからないようになってるらしい。おそらく、同一ダンジョンに潜っていたもの同士で揉め事になるのを防ぐための仕様だと思われる。

２４１：名前：名無しの探索者
＞＞２４０
なるほど。先に攻略されたとかギスることもありそうだしな。そういえば、俺もダンジョンを先に攻略されて、一言文句を言ってやろうと思ったのに、周りに人がいなくて疑問に思ったことあったわ。まだダンジョンの中にいるのかと思ってたけど、そんなふうになってたとは。

２４２：名前：名無しの探索者
＞＞２４１
お前みたいな奴がいるからこんな仕様になってんだよｗｗ
俺も文句言おうとしたことあるけど。

２４３：名前：名無しの探索者
大声を出したりこちらから話しかけると解除されるらしいけどな。
＞＞２４０
この仕様のおかげで揉め事が減っているのは間違いない。
竜也たちみたいに悪用する奴もいるけど。

２４４：名前：名無しの探索者
＞＞２４３
『ダンジョンＧｏ！』の運営はあんまり日本の法律とかには配慮しなさそうだもんな。
犯罪する奴がいたらそれはそれでどうぞ？　みたいな。
外国では竜也みたいなマフィア集団もいるんだろ？

２４５：名前：名無しの探索者
＞＞２４４
俺は反政府組織やテロリストなんかにも探索者の集団がいるって聞いたぞ。
政府側にもそれを対策する組織がいるとか。
竜也たちの組織もそろそろ日本の探索者対策組織が動くとかなんとか。

２４６：名前：名無しの探索者
＞＞２４５
まじか！
じゃあ、今のうちに縁を切っておいた方が得策か？

２４７：名前：名無しの探索者
＞＞２４６
お前竜也の部下かよｗｗ
もう全員警察にマークされてるだろうからおせーよｗｗ

２４８：名前：名無しの探索者
＞＞２４７
ちょ、まじか！　俺どうしたらいい？　捕まりたくねぇよ！

２４９：名前：名無しの探索者
＞＞２４８
自首することをお勧めする。
国の探索者組織が動いたということは構成員は全員把握されているだろうから、今からではどうしようもない。
大人しくお縄についた方が得策だ。
真面目にしてれば恩赦とかもあるだろうしな。

２５０：名前：名無しの探索者
＞＞２４８
政府の秘密組織は『ダンジョンＧｏ！』を消す方法も知ってるらしいから、抵抗して捕まるより、従順にしておいた方が得策だと思うぞ？
探索者を続けていれば出所後も食うには困らないだろうし。

２５１：名前：名無しの探索者
＞＞２４９－２５０
自首とか絶対に嫌だ。
俺は逃げ切ってみせる。

２５２：名前：名無しの探索者
＞＞２５１
そうか。無理だとは思うが頑張れ。

253：名前：名無しの探索者
そんなことより、新しいユニーク称号保持者だよ！
どんな奴なんだろうな？
竜也みたいな奴じゃないといいんだけど。

254：名前：名無しの探索者
＞＞253
わからん。
ちょっと確認してみたが、『閃光のケイン』や『疾走のハヤテ』ではないらしい。
二人ともユニーク称号が動いたことに素で驚いてた。
たとえFランクダンジョンでも一分ギリとかまず不可能だってさ。

255：名前：名無しの探索者
＞＞254
おぉ。二人のフレか。
上級探索者様、確認サンクス。
あと候補とかいたっけ？

竜也があまりにもアレな行動とったから運営に取り上げられたとか？

256：名前：名無しの探索者
＞＞255
生産職ってだけで、俺は上級探索者じゃないよ。
Cランク以上のダンジョンなんて潜れるわけないだろ。
あと、竜也程度でユニーク称号の取り上げはないよ。
前にアメリカの大量殺人鬼が持ってた『最多殺戮者』も結局取り上げられなかった。
最も多くの探索者を殺した探索者に与えられる称号のやつ。

257：名前：名無しの探索者
＞＞256
うげぇ。そんなユニーク称号もあるのか。

258：名前：名無しの探索者
＞＞256
確か、各国の探索者がチームを組んで所持者を殺した奴だったよな。
あのユニーク称号はそのあとどこ行ったのか謎になってたはずだ。

まあ、持ってるやつは大量に探索者を殺したってことだから名乗り出ることはないだろうけど。

259：名前：名無しの探索者
あの。質問なんですが、ユニーク称号ってそんなにすごいんですか？
僕も『撲殺』っていう称号を持ってますが、称号を得る前と後であんまり変わらなかったんですが。

260：名前：名無しの探索者
>>259
確か、『撲殺』は同じダンジョンで十体のモンスターを打撃系武器で倒すやつだったよな？

261：名前：名無しの探索者
>>260
そうです。
僕は前衛でメイン武器がメイスなので、取得できました！

262：名前：名無しの探索者
>>261

おめでとう。

でも、称号にはランクがあるんだよ。

『撲殺』っていうのは『撲殺』系の称号の中で、一番ランクが低いやつなんだ。

効果も、確か、『殴打系攻撃力が微増する』だったはずだ。

『撲殺』の上位称号に『撲殺者』っていうのがある。

同じダンジョンで百体のモンスターを倒すと手に入る称号だ。

効果が『殴打系攻撃力が微上昇する』になる。

この辺りになると体感できるくらいの上昇が得られる。

しかも、微増は＋1とか、＋2とかの足し算で増えるのに対して、上昇は1・1倍とか1・2倍とか、掛け算で増えていくからレベルが高くなっても効果がかなり高い。

263：名前：名無しの探索者
＞＞262
そうなんっスね！
教えていただき、ありがとうございます！
でも、同じダンジョンで百体とか無理っス！
そんなに大量にモンスターを倒してたら途中で誰かに攻略されちゃうっス！

２６４：名前：名無しの探索者
＞＞２６３
ＦランクやＥランクだとそうだろうな。
だけど、Ｄランクとか、Ｃランクとかになってくると、そもそも百体くらい倒さないとボスに辿り着けない。
そして、そこらへんのダンジョンに潜っていると、称号も勝手に取れる。
上位探索者だと称号を五つくらいは持っているらしいぞ？
そうやって俺たちと上位探索者の差は開いていくんだ。

２６５：名前：名無しの探索者
＞＞２６４
世知辛いっスね。

２６６：名前：名無しの探索者
＞＞２６４
そういうのってナーフされたりしないのか？
オンラインゲームとかだと、強過ぎるスキルとかは弱体化されるよな？

２６７：名前：名無しの探索者
＞＞２６６
『ダンジョンＧｏ！』の運営は強いやつをより強くする方針っぽいから、強過ぎるから弱体化っていうことはまずないな。
というか、そうしないと、Ａランクのダンジョンとか、Ｓランクのダンジョンが攻略できない。
Ａランクのダンジョンはここ数百年攻略されてないらしいからな。
実際、高位のジョブの方がモンスターを倒しやすくなって、レベルも上げやすいっていうのはよく聞く話だ。
リアルマネーを一億とか払ってパワーレベリングしてもらって、Ｄランクあたりまで行くっていうのが確実に稼げるようになる方法らしい。

２６８：名前：名無しの探索者
＞＞２６７
まじかｗｗ
そんなに金があったら俺、ダンジョンなんて危ないところに潜らねぇわｗｗｗ

２６９：名前：名無しの探索者
＞＞２６８

昔からダンジョンの攻略をしている陰陽師の名家とかはその方法でスタートダッシュを決めてる。
それでも、Ｄランクあたりまでが限界だけど。
Ｃランクダンジョンに潜れるのは一握りの天才だけだ。
そういう天才は、得てして特殊な称号や、ジョブを持ってる。

２７０：名前：名無しの探索者
＞＞２６９
もしかして、そういう家系の人ですか？

２７１：名前：名無しの探索者
＞＞２７０
うちは分家の分家の分家のさらに分家あたりの相当末端だけどな。

２７２：名前：名無しの探索者
＞＞２７１
なんだ。お前もクソエリートかよ。

２７３：名前：名無しの探索者

>>２７２
俺は落ちこぼれだよ。

金がないからスタートダッシュもさせてもらえなかった。

じゃないとこんなところで管巻いてない。

最初の頃は、有用な称号を取得して成り上がってやろうと思ってたけど、膝に矢を受けてまともにダンジョン探索ができなくなったせいで今ではしがない生産職だ。

フリーの生産職で、稼ぎは悪くないけど、この足を治すポーションには全然手が届かん。

２７４：名前：名無しの探索者
>>２７３
みんな大変なんっすね。

２７５：名前：名無しの探索者
>>２７３
膝に矢ｗｗｗ

# 第二章　もしかして、俺の体、改造されちゃってる？

「ふぅ。やっとダンジョンに潜れた」

社長を見送った翌日、俺はFランクダンジョンに来ていた。

Fランクダンジョンに潜るまで結構大変だった。最初は家の近くにあるFランクダンジョンに行こうとしたのだが、ダンジョンに向かっている途中でそのダンジョンは消失してしまった。それならと思って次に近いダンジョンに行こうとすると、そのダンジョンもまた消失した。その次のダンジョンは突入可能の距離まで来たのだが、誰かに攻略されてしまい、突入することができなかった。

どうやら、Fランクのダンジョンは取り合いになっているらしい。画面を見ているとFランクのダンジョンは出来てから消えるまでのサイクルがかなり短い。画面に表示されても、三十分以内には攻略されてしまう。東京周辺は人が多いから『ダンジョンGo！』のユーザーも多いのだろう。

そのせいでダンジョンが次々攻略されてしまう。

そこで、俺はあえて人の多い渋谷まで来ていた。

ダンジョンは負の情念によって作られる。それなら、人の多い場所の方がたくさんできると思ったからだ。近くでたくさんダンジョンができれば、移動の時間が短い分、ダンジョンに突入しやすい。それに、たくさんダンジョンがあれば探索者が分散する分、攻略されるまでの時間が長くなるんじゃないかと思ったのだ。

案の定、渋谷に来てみると、たくさんのダンジョンができては消えていった。だが、消えるまでの時間が俺が住んでる市川市よりゆっくりな気がする。ダンジョンに対する探索者の数はこっちの方が少ないようだ。今日は平日だし、朝より昼間の方が人が少ないというのもあるかもしれない。

「よし。じゃあ、やって行きますか」

俺は気合を入れてダンジョン内を駆け出す。

「はえぇ！」

今までであり得ないくらいのスピードで動けている。おそらく、ジョブ『忍者』のおかげだろう。『忍者』のジョブはどんなゲームでも基本的にスピード特化の前衛アタッカーだ。ソロでやるのなら、このジョブがいいと思った。何より、称号によって得たジョブだから、強いことが期待できる。初期から選べるジョブは『見習い戦士』とか『見習い魔法使い』とか、全部『見習い』がついているが、これにはついていないというのも良い。多分、『忍者』は『見習い盗賊』というジョブの上位職なのだと思う。他が下位職しかないなら、メインジョブは上位職の『忍者』一択だろう。ちなみに、セカンドジョブは『見習い魔法使い』にした。

だって魔法使ってみたいじゃん。

多分、『見習い盗賊』とかにした方が、メインジョブとの相乗効果で強くなるんだと思うが、そこはロマンを優先させてもらった。

「お！　モンスターだ」

ダンジョンを走っていると、目の前にモンスターを見つける。おそらく妖怪がモチーフなのだと思うが、日本の古い本の挿絵とかに出てきそうな謎生物だ。絵をそのまま立体にしたような感じなので、生物感がなく攻撃しやすい。

「『隠密』」

敵はまだ気づいていないようなので、俺はスキルを使って足音を消す。スキルはジョブを設定した時に頭に流れ込んできた。『忍者』のジョブは姿を隠す『隠密』や敵に気付かれずに攻撃すればダメージが十倍になる『暗殺』、壁や天井も地面と同じように走ることができる『壁走』みたいなスキルが使えるらしい。戦闘スタイルとして、気付かれずに近づいて一気に倒すものになるようだ。かなりソロ向きの職だ。

俺はそのまま一気にモンスターに近づいていく。

「『暗殺』」

「!!」

そして、あと一歩まで近づいた時に俺は手に持った小太刀をモンスターに向かって振るう。

この小太刀は昔、京都の映画村に行った友人にもらった小太刀のレプリカだ。ジョブに合った武器を使うとスキルの効力が上がると書かれていたので、家にある武器っぽいものを色々装備してみたのだが、これが一番しっくりきた。ヘルプにはジョブと武器の相性が良くないと武器補正が発生しないので、攻撃力より相性の良い武器を使うようにと書かれていた。

本当に効果あるのか、少しドキドキしたが、模造刀の小太刀はモンスターの首？　を切り裂き、モンスターはボフッっと音を立てて煙になる。


---

嫉妬の醜鬼（F）を倒しました。

経験値を獲得しました。

報酬：20円獲得しました。


---

「あいつ、鬼だったのか。そういえば、昨日倒したやつも同じような雰囲気だった気がする」

目の前に昨日と同じメッセージウインドウが出て、戦闘が終わったことを確認する。今日は昨日のように小銭が落ちてきたりはしない。

『ダンジョンＧｏ！』の設定で、口座振込にしてもらえたのだ。いちいち小銭を拾うのは大変だと思っていたので、口座振込してもらえるのは本当に助かる。こんな怪しげなアプリがどうやって口座振込するのか気にはなるが、そこは考えない方がいいのだろう。

それに、謎組織が口座振込する方が謎ウインドウから現金が出てくるよりは現実的だ。

ちなみに、ヘルプ曰く、報酬は雑所得として確定申告をしないといけないらしい。そういうところはちゃんとしているんだなとちょっと驚いてしまった。

「おっとこうしている場合じゃない」

一回の戦闘で得られる報酬は微々たるものだ。だが、ダンジョンを攻略するとモンスターを倒した場合の百倍くらいの報酬がもらえるらしい。モンスターを倒した報酬もダンジョンを攻略した報酬もランクが一つ上がるごとに十倍になるらしいので、Iランクで一桁だったからFランクなら千円台になるはずだ。だから、俺はなんとしてもこのダンジョンを攻略したい。

それに俺には一つアドバンテージがある。昨日手に入れた『御命頂戴』の称号のおかげで、ボスのいる場所がわかり、ボスのいるところまで一直線に向かえるのだ。場所がわかっても通路とかはわからないので、最短ルートで向かうことはできないが、他の探索者より有利なのは間違いないだろう。まあ、『御命頂戴』の称号はみんな持ってるかもしれないからアドバンテージかどうかはわからないが。

「さっさとモンスターを倒してダンジョンを攻略するぞ！」

俺はダンジョンボスのいる場所に向かって駆け出した。

＊＊＊

---

強欲の大醜犬（F）を倒しました。
経験値を獲得しました。
強欲のダンジョン（F）が攻略されました。
報酬：3，162円獲得しました。
称号『十全十美』を獲得しました。

---

「お、称号が獲得できた」

九個目のダンジョンを攻略した時、新たな称号を得た。早速、称号の内容を確認してみる。

『十全十美』

十個のダンジョンを連続で踏破することで取得できる。

（途中でダンジョンから脱出する、もしくは他の探索者に先に攻略されるとカウントがリセットされる）

効果
・移動速度が上昇する。
・ダンジョン突入時、ダンジョン全体のマップを取得できる。
お？　これは結構有用な称号じゃないか？

これでダンジョンのマップと、敵の位置、ボスの位置が全部わかったことになる。今までマップがわからずに行き止まりに行ってしまったりしていたが、それがなくなるのだ。つまり、より効率的にダンジョンを攻略できるということだ。

「せっかく有用そうな称号が手に入ったし、もう一個挑戦するか？」

今日はすでに九個のダンジョンを攻略している上、モンスターも結構倒しているので、一万円以上稼いでいる。次で十個目のダンジョンなので、キリもいい。

「よし！　今日は初日だし、ちょっと休憩した後、ダンジョンに潜ってそれで最後にしよう」

俺はどこで休憩しようか考えながらダンジョンを脱出した。

＊＊＊

「うーん。夕方になるとこうなるのか」

渋谷駅の正面にあるビルの中のコーヒーショップで休憩をした後、ダンジョンに潜ろうとしたのだが、朝と同じ状況になってしまっていた。潜ろうとしたダンジョンが先に攻略されてしまうのだ。

いや、朝以上のスピードで攻略されてるな。

おそらく、学校が終わったり、仕事が終わったりして『ダンジョンＧｏ！』ユーザーたちが参戦してきたからだろう。休憩していたため、時間は午後五時くらいになっていた。特にＦランクはそこまで大きな報酬も出ないし、副業感覚で攻略している探索者も多いのだろう。

「さて、この後どうするか」

別に割り込んで攻略してもいいのだが、さっきの称号の感じからすると、潜ったダンジョンはそのまま攻略してしまった方がいいように思う。

いくら情報アドバンテージがあっても、ダンジョンに突入した時にすでにボス戦をしているとかになると追い越すのは不可能だ。それなら、できたばかりのダンジョンに潜る方がいい。

だが、ダンジョンができるのを待っていて、さらにユーザーが増えたらもっと早くダンジョンが攻略されるようになるかもしれない。

いや、ダンジョンの最奥にいるボスの場所まで移動するのに時間がかかるから、これ以上早くなることはないか？

「それに、Eランクのダンジョンもちょっと気になってるんだよな」

今日一日Fランクのダンジョンに潜ってみたが、かなり余裕があった。Fランクのモンスターは『暗殺』が決まれば一発で倒せるし、犬型やウサギ型の感知能力が高いモンスターに出会って攻撃の前に気づかれたとしても、普通の攻撃で二、三発決めれば倒せていた。

おそらく、『忍者』のジョブではFランクは簡単すぎるのではないかと思う。その証拠に、セカンドジョブに設定した『見習い魔法使い』の方はすでにレベルが10になっていて、『見習い魔法使いⅡ』になったのに、『忍者』のジョブの方はレベルがまだ上がっていない。

ちなみに、ヘルプによると『見習い魔法使いX』まで行くとジョブランクが上がって『魔法使い』になるらしい。この辺の情報は『見習い魔法使いⅡ』になった時にヘルプに追加された。

『見習い魔法使い』の攻撃では十発当てても『忍者』の攻撃一発にも満たなかったので、今のところ『見習い魔法使い』はセットしているだけの状態だ。『魔法使い』にランクアップすれば今までよりは使えるようになるだろう。

たぶん。

「Fランクが『見習い』付きのジョブにちょうどいいっぽいんだよな。ということは、Eランクが『見習い』なしのジョブにちょうどいいくらいなんだろうか？」

さっきのダンジョン攻略中に他の探索者パーティーが戦闘しているところにでくわした。彼らの戦闘に遭遇したことで、わかったことが二つあった。

一つ目はダンジョン内で誰かに出会う場合があるということ。もしかしたら、ダンジョンに潜ってしまえば、攻略まで一パーティーしか入れないという仕様かもと思っていたのだが、そういうわけではないらしい。つまり、前に探索していたやつを追い抜くこともできるが、追い抜かれてしまう場合もあるということだ。

もう一つがダンジョンの適正攻略レベルだ。彼らは男戦士、男魔法使い、女僧侶の三人組で、彼らの戦闘を陰から見ていたのだが、その探索者たちは一体の醜鬼を倒すのに魔法や剣での攻撃を何十回もしていた。途中からしか見ていなかったが、戦闘時間は十分以上かかっていたはずだ。下手したら三十分くらいかかっていたかもしれない。

おそらく、あの人たちは『見習い』付きのジョブだったのだろう。戦闘を見ていた感じ、彼らには怪我をせずにダンジョンに潜るならFランクくらいがちょうどいい攻略難易度に見えた。

俺はソロだから、安全マージンを多く取る必要はあるが、それでも、モンスターが一発や二発で倒せる現状は自分の強さとダンジョンの格が合っていない気がする。

「Eランクダンジョン。行ってみちゃうか？」

戦闘中以外ならいつでもダンジョンから脱出できる。それに、Fランクダンジョンがどんどん攻略されているということは今の時間ならEランクダンジョンにもある程度探索者が入っていると考えられる。もし、ヤバい状況になっても近くの探索者に助けを求められるかもしれない。

「よし、そうと決まれば行ってみるか」

俺は渋谷駅から一番近いEランクダンジョンに向かって移動を始めた。

＊＊＊

「……Eランクダンジョンでもなんとかなりそうだな」

　Eランクダンジョンに突入して、数回戦闘をこなしてみたが、特に問題は感じない。『暗殺』スキルが決まれば一撃で終わるが、決まらなくても五、六回攻撃を決められればモンスターは倒せる。一度攻撃を喰らってみたのだが、ちょっと痛いが動けなくなるほどでもないくらいだった。称号『無敵の人』のおかげというのもあるかもしれないが、Eランクくらいなら余裕を持って探索できそうだ。

　そして、何より、Eランクのダンジョンは簡単には攻略されない。今日、午後に入ったあたりからEランクのダンジョンも気にはしていたが、渋谷の周りに十個あったEランクのダンジョンのうち、攻略されたのは一つもなかった。

　これは入ったダンジョンはそのまま攻略したい俺としては結構嬉しい。それに、ダンジョンの深さはFランクダンジョンの五倍の五階層になり、下の階層ほどフロアが広くなっているので、ダンジョンの規模は百倍くらいになっている。だが、マップもモンスターの場所もわかる俺にとってそこはそれほど苦にはならない。最短ルートを通れば今までの五倍程度で攻略できるのだから。報酬が十倍になっていることを考えると、差し引きプラスだ。

「それに、Eランクからはドロップアイテムも出るみたいだしな」

　三度目の戦闘の時に、リザルト画面に『ドロップアイテム』という項目が出てきた。

恒例のヘルプを確認してみると、Ｅランクダンジョンからドロップアイテムが獲得できると追記されていた。ドロップアイテムは『ダンジョンＧｏ！』のショップを通して売ることもでき、Ｅランク以上ではこのドロップアイテムがいちばんの収入の柱になるらしい。

俺が獲得できたのは下級回復ポーション。ＨＰ（ヒットポイント）を定量回復するものだ。どうやら、隠しパラメータというか確認できない数値としてＨＰ、ＭＰ、ＳＰも設定されているらしい。これも何かの称号を得たら見れるようになるのだろうか？

ちなみに、ドロップアイテムは『ダンジョンＧｏ！』のアプリ内に保管されており、いつでも取り出すことができるようだ。

……もう何も言うまい。

「さて、そろそろ二階層に――」

「きゃぁぁぁぁ！」

「!!」

どこかから悲鳴が聞こえてきて、俺は一目散に悲鳴の聞こえた方に駆け出していた。女の子が困っていたら、命を擲（なげう）ってでも助けなさいって母さんに教えられて育ってきたからな。考えるより先に体が動いてしまう。

一直線に駆け抜ける途中、二人組の男性とすれ違ったような気がするが、『壁走』を使って天井を駆け抜けたので、多分気づかれなかったと思う。突風が駆け抜けたくらいの感覚かな？

おかげで、悲鳴が聞こえてから数秒のうちに女性のいる場所にまで辿り着くことができた。

「ジャアアアアア!!」

「!!」

俺がその場所に着いた時、女の子が蜘蛛型のモンスターに弾き飛ばされ、壁に叩きつけられたところだった。

「ジャアアアアア!!」

モンスターは追い打ちをかけるように女の子に襲いかかる。

「させるか！」

「ジャ⁉」

俺は咄嗟にモンスターと女の子の間に体を滑り込ませる。そして、モンスターの攻撃を小太刀で受ける。

くっ、さっきのモンスターより強い。

「でも、受けられないほどじゃない！」

「ジャジャ⁇」

俺は小太刀を振り抜いてモンスターを弾き飛ばす。モンスターは俺を格上と見て警戒している。

だが、今更警戒したって遅い。

「『一閃』！」

「ジャジーー」

俺はさっき得たばかりのスキルをモンスターに向かって使用する。スキルを使うと、時間がゆっくりになったかのような、空気がねっとりと絡みついてくるような感触を受ける。だが、それは勘違いだ。時間が遅くなったんじゃなくて、俺が速く動いているのだ。

加速した時間の中で、俺はスキルに導かれるままにモンスターに向かって駆け、すれ違いざまに小太刀で一撃を加える。

——ボフ！

俺の背後で、モンスターがいつものように霧になった音が聞こえた。


---

色欲の飛蜘蛛（E）を倒しました。

経験値を獲得しました。

報酬：１２２円獲得しました。


---

どうやら、新しいスキルは『暗殺』スキルと同等くらいのダメージは出してくれるらしい。これで倒しきれなかったら相当ダサいところだった。

「そうだ！　女の子！」

俺は女の子に駆け寄る。女の子はかなりひどい状態だった。手足は曲がっちゃいけない方向に曲がっており、口の端からは血が滴っている。おそらく、内臓も結構ダメージを受けているのだろう。

「あ、あり……ゴフ」

「無理に喋るな。えーっと、どうしたらいいんだ？」

俺は高卒ではっきり言って知識があまりない。こういう場合、どういう応急処置をしたらいいのかわからない。

いや、医者でもないとこんな状況では適切な対処はできないか。

「！　そうだ！」

俺は『ダンジョンＧｏ！』のアプリの中から、さっき手に入れた下級回復ポーションを取り出す。

ＨＰ（ヒットポイント）を一定数回復するというものだ。取り出した下級回復ポーションは栄養ドリンクくらいの瓶に入った液体だった。

彼女は飛蜘蛛に苦戦していたということはまだ弱いはずだ。弱いということはＨＰ（ヒットポイント）も低いはず。もしかしたらこれで傷が治せるかもしれない。

頼むぞ！　ファンタジー！

「これ、飲んで」

「ゴフ、で、でも、これ、高いって、ゴフ」

「このまま死なれた方が困る。だから飲んでくれ」

「……（こくり）」

女の子はゆっくりとポーションを飲み干す。すると、女の子はみるみるうちに回復していった。

＊＊＊

「えっと。助けていただき、ありがとうございます」

「いや、気にしなくてもいいよ。助けられてよかった」

女の子は深々と頭を下げる。かなりしっかりした女の子のようだ。しかも相当な美少女だ。このレベルは芸能人でもないとなかなかお目にかかれない。

俺はアニオタなので、あんまり芸能人知らないけど。

「えっと、そうだ、さっきのポーション代！」

「あ、大丈夫だよ。あれくらい気にしなくて」

「で、でも」

ポーションは一本数万円する。こっちが勝手に使っておいて、そこまでの大金を請求するのは少し気が引ける。この子あんまりお金持ってなさそうだし。

「それより、どうしてこんな状況になったんだ？」

「そ、それは」

とりあえず話題を変えようと思って、どうしてあんな絶体絶命の状況になったのか聞いてみたが、失敗だったらしい。美少女女子高生は顔を伏せる。

「……実は、私、見習い戦士と見習い魔法使いとパーティーを組んでいたんです」

「うん」

彼女は矢内京子（やないきょうこ）と名乗った。京子はこれまでの経緯を話し始めた。

京子は一週間くらい前から、大学生の見習い戦士とフリーターの見習い魔法使いと一緒にパーティーを組んでいた。いつもはＦランクダンジョンに潜っているのだそうだ。京子たちはこの辺りでは初心者を抜けて初級者になったくらいの実力らしい。普段であれば、朝から潜り始めて、モンスターを倒しながらダンジョン攻略を目指し、一、二回ダンジョンを攻略できるので、一人当たり数千円の報酬が出ている。この辺りではそれくらいの実力の探索者が結構いるらしい。京子も自分のパーティーの探索者以外とは出会ったことがないらしいが、パーティーメンバーがそう言っているのを聞いたそうだ。

「でも、今日は一度もダンジョンを攻略できませんでした。それに、ダンジョンにいられる時間も短かったので、モンスターの討伐数も少なくて、一人千円行くかどうかくらいしか稼げなかったんです」

「な、なるほど?」

どういう仕組みになっているのかわからないが、ダンジョンの中では外の十倍の時間が流れる。だから、モンスターを倒して稼ぐにしても、一つのダンジョンに長くいた方がたくさん稼げるのだ。今日は京子たちの潜ったダンジョンが悉く攻略され、うまく稼ぐことができなかった。ちゃんとできたてのダンジョンに潜ったにもかかわらずだ。

(やべー)

俺は内心冷や汗を流していた。

京子が稼げなかった原因には心当たりがある。多分、今日は俺がダンジョンをガンガン攻略していたからだ。それに、ダンジョンが攻略されると、同じタイミングで中にいた探索者がダンジョンの外に出てくる。そこから一番近くにあるできたてのダンジョンに向かえば、大体同じダンジョンに向かうことになる。京子は運悪く俺と同じダンジョンに潜り続けていたのだろう。

「それで、ケンタ。あぁ、フリーターの見習い魔法使いのことです。彼が、このままじゃ今日支払予定のお金がたまらないって言い出して、私たちももう一週間以上ダンジョンに潜ってるし、Eランクダンジョンに挑戦してみようってことになったんです」

「おっふ」

京子たちも夕方からはダンジョンの攻略ペースが上がることは知っていたらしい。このまま潜り続けていても、大した額を稼げないことはわかっていた。

そのため、一気にお金を稼ぐためにEランクダンジョンに挑戦することにしたそうだ。Eランクダンジョンなら、すぐに攻略されることもないし、モンスターを倒すだけでも今までの十倍のお金が手に入る。パーティーなら『見習い』職でもEランクダンジョンに潜るのは不可能ではないそうだ。ケンタは掲示板などをチェックしており、そういう情報を得ていた。

ちなみに、これは後で分かったことだが、フルパーティーの五人組でかつ『見習い』職のランク『Ⅸ』か『Ⅹ』ならEランクでもなんとか通用するレベルらしい。京子たちは三人組だし、まだランク『Ⅱ』か『Ⅲ』くらいだったため、Eランクには実力不足だった。

「それで、初戦闘でさっきの蜘蛛と出会って、必死で逃げたんですが逃げきれなくて、二人が、私を、囮に……」

「あ～。ごめん。もういいよ。大体わかったから」

「ぁ」

俺は嗚咽を漏らし始めた京子の頭を撫でる。一瞬しまったと思ったが、特に振り解かれることもなく、京子は撫でられるがままにしている。

ダンジョンからはいつでも脱出できるが、戦闘中は脱出することができない。一度戦闘になれば相手を倒すか、敵から逃げ切らないといけないのだ。

京子たちは飛蜘蛛から逃げきれなかった。そこで、大学生とフリーターの二人は彼女を囮にして、逃げていったそうだ。

パーティーリーダーはケンタだったため、パーティーも勝手に解散されてしまった。パーティーメンバーはお互いがどこにいるかわかるのだが、パーティーから外されてしまうとそれもわからなくなる。ダンジョンのマッピングはケンタが行なっており、京子には出口すらわからなかった。

どこに逃げたらいいかもわからず、必死に逃げ続けていたが、ついに飛蜘蛛に追いつかれてしまい、攻撃を受け、絶体絶命のところに俺がやってきたということらしい。

俺は京子が泣き止むまで優しく彼女の頭を撫で続けた。

＊＊＊

「じゃあ、このままダンジョンを脱出するか？」

「えっとそれなんですけど」

京子は言いにくそうに口ごもる。俺は京子が話し始めるのをゆっくりと待った。

「サグルさん。しばらくの間、一緒にダンジョンの中にいてもらえませんか？」

「え？」

ダンジョンから出た時、他の探索者から見えないように保護されているそうだが、ダンジョン突入時やダンジョンの中で一度でもパーティーを組んでいればその保護が適用されないらしい。ダンジョン内でパーティーを解散すると位置情報の共有なんかは解除されるのに。

そんな仕様のため、今、京子がダンジョンの外にでればケンタたちと鉢合わせてしまう。そうなれば、何をされるかわかったものじゃない。かといって、ダンジョン内で長い時間を過ごすのも危険だ。このダンジョンは京子にとってかなり危険な場所だし、京子は『見習い僧侶』らしいので、戦闘向きではない。他のジョブは育てていないらしく、ジョブの変更もできないらしい。そもそも、『ダンジョンＧｏ！』もケンタに一週間前に声をかけられて、そこで初めてインストールしたそうだ。情報収集もケンタに任せきりだったため、一人になるとどうしたらいいかわからないのだ。

「えっと。すぐにでは無理かもしれませんが、お金も払います！　だから」

「わかった」

「本当ですか!!」

俺が断ると思っていたのだろう。俺がＯＫすると、花が咲いたように微笑んだ。美人の笑顔は破壊力が高い。この笑顔を見れただけでも十分な報酬な気がする。

それに、乗りかかった船だ。最後まで面倒を見てもいいだろう。母さんも『女の子には優しくしなさい』って言ってたし。

「じゃあ、とりあえず、パーティーを組むか」

「え？　いいんですか？」

「いいって何が？」

「パーティーを組むと、報酬や経験値が均等に分配されるので」

「そうなのか？　まあ、いいだろ」

報酬はもう十分得ているし、経験値に至っては、まだ入った実感があまりない。Eランクダンジョンにきてからセカンドジョブの『見習い魔法使い』が『V』まで成長したが、『忍者』の方はまだレベルが上がる気配を見せない。いや、『一閃』のスキルが増えたんだったか。でも、これは今までの経験値のおかげか、一刀でモンスターを倒してきたおかげかわからないんだよな。

それに、京子が今日稼げなかったのは多分俺のせいだ。少し考えれば避けることはできたと思うが、原因の一端は俺にある。その分を補填するためにも、パーティーを組むのはちょうどいいだろう。

え？　男二人？　男のことは知らんよ。

「それで、パーティーってどうやって組むんだ？」

「え？　知らないんですか？」

「あぁ。実は、『ダンジョンＧｏ！』は昨日始めたばかりでな」

「えぇぇぇぇぇぇ！」

ダンジョン内に京子の叫び声がこだました。

＊＊＊

「サグルさん、ずるいです」

「そんなこと言われてもな……」

俺のこれまでの探索について、京子に少しだけ教えた。初めて入ったダンジョンが偶然Fランク以下のダンジョンで、簡単に攻略できてしまったこと、そこで称号を得られて、『忍者』のジョブを得られたことなんかだ。

ユニーク称号や、『無敵の人』なんかについては教えていないが、それでもずるいと言われてしまった。

ついでに、京子が今日はあまり稼げなかったのも俺のせいかもしれないと一緒に伝えたが、そっちについてはあまり気にしていないようだった。

「称号なんて、Cランクに潜る探索者でも片手で数えられるほどしか持ってないんですよ？　それを初めての探索で取得するなんて」

「え？　そうなの？」

「はい。ケンタが今日、自慢げにそう言ってました。あいつも称号は持ってなかったんですけど」

どうやら、俺が思っていたより称号というのはレアなもののようだ。

「まあ、ラッキーだったってことで、京子もこれから称号が得られるかもしれないし」

「そうかもですけど……」

京子は俺のことをサグルさんとよび、俺は京子のことを京子と呼ぶようになった。俺からの呼び名は京子さんとか京子ちゃんとか、矢内さんとか色々話し合ったのだが、さん付けはちょっと距離が遠いし、ちゃん付けをしたらすごい顔をされてしまった。確かに、ちゃん付けってどこか見下してる感が出るよな。対等な相手と思っていないというか。

結局、『京子』と呼び捨てることになった。苗字で呼ぼうとしたのだが、それは全力で拒否された。

……もしかしたら、家庭はあまりいい状況じゃないのかもしれない。

「じゃあ、さっさとダンジョンを攻略しますか」

「はい！」

俺は京子と一緒にダンジョンの奥へと向かって進んでいった。

＊＊＊

色欲の大蜘蛛（Ｅ）を倒しました。
経験値を獲得しました。
色欲のダンジョン（Ｅ）が攻略されました。
報酬：５，１５７円獲得しました。

「すごい。一回でＥランクダンジョン攻略できちゃった」

「いや、京子が一緒に来てくれたおかげだよ」

ダンジョン内時間で六時間半ほど経った頃、俺たちはダンジョンを攻略した。ダンジョンが攻略できたのが京子のおかげというのはあながち嘘ではない。京子とのダンジョン探索はかなり快適だった。

まず、俺が敵を見つけ、京子がバフをかけてくれ、そして、忍び寄って倒すというルーチンで戦っていたのだが、京子のバフによって、『暗殺』や『一閃』みたいなスキルを使わなくても一撃でモンスターを倒せたのは大きい。そして、何より、移動中や休憩中に話し相手がいるというのは本当に助かる。特に休憩中なんかは一人だとめちゃくちゃ暇だ。

Ｆランクダンジョン程度であれば、一気に駆け抜けて攻略することもできるが、Ｅランクダンジョンはそうもいかない。

ダンジョンの中は電波もないし、虎の子のスマホは『ダンジョンＧｏ！』のアプリから動かないので、使うことができない。ミュージックプレイヤーを買おうか迷ったが、音楽を聞いても暇が少し紛れる程度で根本的な解決にはならないと思う。もし一人だったら、休憩なしで一人攻略ＲＴＡをしていたか、途中で帰ることになっていただろう。一人攻略ＲＴＡをするにしたって、Ｆランクダンジョンより避けられないモンスターは増えるだろうから、体感で四時間はかかると思う。それだけの時間、休憩なしで駆け抜けるのは流石にしんどい。

（これは途中で脱出するのは当然だな）

京子に聞いた話だと、ダンジョンを一度脱出すると、次に突入した時には脱出した場所から再開できるらしい。普通は潜って脱出してを繰り返し、何日もかけてダンジョンを攻略するそうだ。攻略報酬が一万円程度なのにそんな悠長で大丈夫なのかと思ったが、Ｅランクならモンスターを一体倒せば百円以上もらえるので、一日に何回か潜ってモンスターを百体くらい倒せば一万円になる。パーティー人数にもよるが、それだけでも生活はできるそうだ。

確かに、ダンジョンに入ってからすでに十体以上のモンスターを倒してるけど、外の時間ではまだ三十分ちょっとしか経ってないんだよな。

明日以降はＥランクダンジョンに潜ってモンスターを倒しつつ、途中で脱出しながら攻略しよう。俺は心の中でそう決めた。

「三十分も経てば、ケンタたちはどこかに行ってますかね？」

「多分な。流石に見習い僧侶がＥランクダンジョンを一人で六時間以上も生き延びられたとは思わないだろう」

Ｅランクダンジョンの中のモンスターは結構動き回る。Ｆランクダンジョンであれば、モンスターはほとんど動かないので、どこかに隠れていれば長い時間やり過ごすことはできるかもしれないが、Ｅランクダンジョンでは隠れていてもモンスターに殺されてしまう。

この情報は京子から教えてもらったことなので、京子にこの情報を教えたであろうケンタも知っているはずだ。

多分、十分くらい出てこなければケンタたちも諦めるはずだ。

「そういえば、ダンジョン内で人が死んだ場合ってどうなるんだ？」

「よくわかりませんが、交通事故に遭ったということになるそうですよ？　死体は普通に家族に届けられるんだとか。なぜか警察とかは動かないそうですが」

「へー」

やっぱりこのアプリの運営は謎だな。その辺は謎技術によってなんとかするのだろう。

実は国の偉い人がこのアプリのことを知っていて、権力でなんとかしているとかではないと信じたい。

いや、多分権力者がバックにいるんだと思うけど。銀行振込とかできてるし。

「じゃあ、京子が交通事故に遭ったという報道がされなければ、ケンタに生きてるってバレるんじゃないか？　確か、交通事故で死んだ人は後で調べられるんだよな？」

「それは大丈夫です。あの二人には私の本名は伝えてなくて、キョウコとしか名乗っていませんから。私もケンタとケンゴの二人のことは名前しか知りませんし。ケンタとケンゴが本名なのかも知りません」

「……ドライだな」

「信用できない人には必要以上に情報を渡さないだけです」

それがドライだといったつもりだったんだが。

ん？　俺は本名を教えてもらえたということは、京子に信用してもらえたって思ってもいいのかな？　休憩中に学校のこととか、友達のこととか色々教えてもらえたし。

「……そろそろ出ましょうか」

「……そうだな」

これで、京子との探索も終わりだ。二人での探索は結構快適だった。何より、怖がられずに接してくれる女の子なんて、社長の娘さんの朱莉だけだったので、かなり楽しかった。

そういえば、京子の制服、どこかで見たことがあると思っていたら、朱莉と同じ制服じゃないか？　世の中思ったより狭いんだな。

（機会があればまた京子と一緒にダンジョンに潜りたいな）

俺は少し名残惜しい気持ちを持ちながら、メッセージウインドウを進めていく。

「……ケンタたち、いないといいな」

「……そうですね」

俺たちは少しだけ警戒を強めながらダンジョンを脱出した。

＊＊＊

「ケンタたちはいないみたいですね」

「そうか、それはよかった」

ダンジョンから脱出してすぐに、京子は辺りをキョロキョロと見回す。俺たちがダンジョンから脱出した場所はビルとビルの間の細い裏通りだった。俺が突入した場所じゃないので、おそらく京子がケンタたちと一緒に突入した場所なんだと思う。

多分俺が京子のパーティーに入ったことになっているから、脱出場所が京子の突入場所になったんだろう。パーティー編成のやり方がよくわからず、京子に実践してもらいながら教えてもらったのでそういう感じになった。ということは、俺側からパーティーに誘えば、すぐに脱出しても問題なかったのでは？　と思ったが、今更だろう。

それに、俺の方に誘っても問題は出てくる。俺がダンジョンに突入した場所は男子トイレだったし。いくら周りからは見えないからといっても、男子トイレに入るのは京子も嫌だろう。

この場所は見通しは悪いが、隠れる場所もないので、どこかに隠れて見張ってるってこともなさそうだ。

京子はほっと胸を撫で下ろす。

「……今日は本当にありがとうございました」

俺の方に振り返って京子は深々と頭を下げた。京子はやっぱり結構真面目だよな。

「……いや、別にいいよ。原因の一端は俺にもあったんだし。俺が何も考えずにFランクダンジョンを攻略したせいで、京子たちはEランクダンジョンに行くことになったんだろ？」

「……そんなことありません。悪いのはケンタたちです。サグルさんは何も悪くありません」

「……そう言ってくれると助かるよ」

口では俺が悪いとか言ってみたが、実際、俺も悪いのはケンタたちだと思っている。京子を囮にしたりしなければ、三人とも逃げられて脱出できたかもしれないのに。

というか、おそらく問題なく脱出できただろう。モンスターはそこまで速くなかったし、そこまで大きく動き回りはしないようだった。京子を襲っていた飛蜘蛛もあと百メートルも逃げれば逃げ切れたんじゃないだろうか？

「……それじゃあありがとうございました」

「おぉ。こちらこそありがとう」

京子は最後に深々と頭を下げると、その場から去っていった。俺は少し名残惜しい気持ちでその背中を見送った。

「連絡先くらい、聞いておくべきだったかな」

京子は連絡先を聞けば教えてくれたかもしれない。なんか、別れ際は京子も名残惜しそうにしてたし。

だが、長年のぼっち生活から、女の子に連絡先を聞くというのがどうしてもできなかった。

ここで連絡先を聞かなくても、聞いて断られても、どうせこれから先会うことはないのだから、ワンチャン、連絡先を聞いておいたほうが得だっただろう。だが、損得だけで動けるのであれば、ボッチやってない。

「……仕方ない、報酬も入ったし、今日はパーっと美味しいものを食って帰りますか。せっかく渋谷にも来てるし」

俺はスマホでこの辺りのレストランを検索し始めた。

＊＊＊

「結局、回転寿司に入ってしまった」

いや、色々と調べてはみたのだ。

渋谷だけあって五つ星レストランやら、高級フレンチやら、美味しそうな店はたくさんあった。

だが、今の格好はジーンズにシャツというかなりラフなものだ。ドレスコードに引っ掛かるかもしれない。そんなことを考え出すと、お高い店には行けなくなった。

結局、近くにあった妖怪マークの回転寿司に入ってしまった。

いきなりお金が入ったからっていきなりお高い店には行けないということだ。

「まあ、これが分相応というやつか」

いつも行ってる店の方が美味しく食べられるし、結果的にはよかったかもしれない。何度も行ったことのある店だったが、お金を気にせずに食べられるというのは気分がいいことだ。いつもは食べない一番高い料理や、デザートなんかも食べてしまった。

ビールは五回もお代わりしたし、寿司も何十皿も一人で食べた。頭より高く皿を積み上げてしまったぜ。

「というか、俺、食べる量増えてる？」

お金云々に関係なく、以前はこんなにたくさん食べられなかった気がする。もしかして、これも『ダンジョンＧｏ！』の効果か？　昼食の時もラーメン屋に入ったけど、いつもはしない替え玉を二回もしてしまったし、ダンジョンから脱出するたびにコンビニとかで何かを買ってつまんでいた。

そして、ビールを六杯も飲んだのに、あまり酔っている感覚がない。

もしかして、俺の体って、改造されちゃってる？

……怖いので、考えないようにしよう。そう、動き回ったからきっとお腹が空いたんだ。ダンジョン内ではかなり長い時間過ごしたから、久しぶりの食事でもあったんだし！

そんなことを思いながら家に帰ろうと路地裏を歩いていると――

「いいだろ？　俺たちと遊ぼうぜ？」

「ちょっと、離してください！」

「ん？」

俺は聞き覚えのある声が聞こえたので、そちらの方を振り向いた。

「君だって渋谷に遊びにきてるんだろ？」

「お金なら俺たちが出すからさ！　遊ぼうぜ！」

「もう帰るところなんです。だから離して」

「またまた。ちょっと前から見てたけど、駅は反対方向だよ？」

「それは……」

声のする方を見ると、京子が二人組の男に絡まれていた。京子は明らかに嫌がっている。

にしても、コテコテのナンパだな。あんなやつ今でもいるんだ。

京子と俺は知らない仲でもないのだ、やることは決まっている。

「ちょっとお兄さんたち」

「なんだよ……うぉ！」

「ゲェ」

二人組は俺の顔を見て顔が青ざめる。こういう時は父親譲りのこの強面顔に感謝したくなる。

まあ、しないけど。それに、今ならこんな奴ら、簡単にどうにでもできる。『ダンジョンGｏ！』のジョブの効果はダンジョン外でも有効なのだ。

（あれ、京子も自分でなんとかできるんじゃ……って。あぁ、京子のジョブの『見習い僧侶』は肉体的には何も変わらないんだっけ？）

京子の『見習い僧侶』はフィジカル面では一般人と変わらないと京子は言っていた。ケンタに囮に使われたのも、女子高生でそこまで足の速くない京子が邪魔になったからだろうと。自分にバフスキルをかけたりはできるが、まさか、街中で魔法を使うわけにもいかない。

「彼女、俺の連れなんだけど、何か用？」

「いえ！　なんでもありません！」

「迷惑をおかけして申し訳ありませんでした！　それでは！」

二人組はピシッと背筋を伸ばしてそう宣言した後、逃げるようにその場を去っていった。その逃げっぷりはなかなか堂に入っており、思わず感心してしまった。

スタコラサッサっていう効果音が聞こえてきそうなくらい見事な逃げっぷりだったぞ。

「あの、サグルさん。ですか？」

「よう。京子。さっきぶり」

声をかけられて振り返る。そこに立っていたのは不安そうな面持ちの京子だった。

京子は俺の顔を見てほっと胸を撫で下ろす。どうやら、助けたのは正解だったらしい。

「困ってるみたいだったから。声かけない方がよかった？」

「いえ、助かりました。ありがとうございます」

京子はにこりと微笑む。完全に信頼しきった相手にだけ見せるその笑顔に、俺は思わずくらりときてしまった。

それにしても、こんなところで再会するのは予想外だった。てっきりあのまま帰ったと思っていたから。

京子もどこかで食事でもしていたのかもしれない。それなら、一緒に食事に誘えばよかったかな？　今の感じなら、誘っても断られなかった気がする。

いや、そこで女の子を誘う勇気があるなら、長年ぼっちやってないか。

「あんなコテコテのナンパ、まだいるんだな」

「そうですね。制服で渋谷を歩いていると、ああいう人にはたまに声をかけられます」

「そうなのか」

確かに、制服姿の女子高生が一人でこんな時間に歩いていれば、声はかけやすいのかもしれない。学校終わりに渋谷に来るのなんてほとんどが遊びにきてるやつだろうからな。

「またあんなめんどくさいナンパに絡まれないか心配だから、送っていくよ」

「いえ、えーっと」

「あ、最寄り駅まででも大丈夫。それも嫌なら、渋谷の駅までにしておく？」

流石に、地元にまで帰れば変な奴には声をかけられないだろう。最悪、渋谷駅まで連れて行けば大丈夫だと思う。まだ八時前で、電車の中では他の人の目もあるだろうし、駅まで送ればあとは安全なはずだ。

「えーっと」

そう思ったのだが、京子は困ったように目を泳がせる。いや、どこかを見ているのか？

少し不審に思いつつ、京子の視線の先を見てみると、京子の視線の先には『インターネットカフェ　アストレンジェント・バレー』という寂れた看板があった。チェーン店じゃない個人経営っぽいところだ。

「……もしかして、京子、家に帰ってないの？」

「……はい」

どうやら、彼女は家に帰らずにネットカフェで寝泊まりしているらしい。

今日はホテル代くらいは稼いだが、ホテルは高校生だと泊まれない。ラブホテルとかでも、明らかに高校生だと見られると拒否される場合が多い。

だから、ネットカフェに泊まっているのだろう。ネットカフェでも、夜は高校生お断りの場所も多いが、みるからに寂れたこの店なら身分証も確認されなさそうだ。

こんな時間までウロウロしていたのは、ネットカフェの深夜割りが始まるのを待っていたからなのだろう。

「……」

こんな場所に女子高生が泊まるのははっきり言って心配だ。

「なぁ、京子？」

「はい？」

「俺ん家、来るか？」

「え？」

俺が家に誘うと、京子の笑顔が凍りつく。あ、やっちまった。

「い、いや、ちがくて、いやらしい意味とかではなく！　俺一人暮らしだし、じゃない。女の子一人だと男に襲われたりするかも、って俺も男か、えっと、えーっと……」

やってしまった。思わず思ったことが口から出てしまった。同性の友達じゃないんだ。誘われても迷惑だろう。

こういう時、ちゃんとした選択肢が選べるならボッチやってないんだよちくしょぉぉぉぉ！

「くすくす。分かってます。サグルさんがそういう人ではないってことは」

「ふう、よかった」

京子が優しく微笑んでくれたのでオレは胸を撫で下ろす。どうやら、京子もうっかり俺が言っちゃっただけと気づいたようだ。

通報されたりしたらめちゃくちゃ悲しいし、精神的なダメージは計り知れないところだった。

「じゃあ、案内してもらっていいですか？」

「え？」

京子はイタズラっぽく笑う。一体俺はどこに案内したらいいんだ？

「サグルさんの家。連れて行ってくれるんですよね？」

「え？　ええええええええ!!」

渋谷の空に俺の絶叫がこだました。

＊＊＊

「へー。ここがサグルさんの家ですか。結構スッキリしてますね」
「何もないだけだよ。まあ、座ってくれ」

結局押し切られるように俺の家に京子を招くことになった。女の子が家に来るなんて、今までなかったから、どうしたらいいのかわからない。

忙しすぎて、ミニマリストの部屋みたいになっていたが、それが結果的にオシャレっぽくなっていてよかった。変に男っぽい部屋だったら京子にいらない気遣いをさせたかもしれない。

京子は一体どういうつもりで俺の家までついてきたんだろう？　多分、俺は安全だと思ってくれたんだと思うが。そう思ってくれるなら、その期待には応えないと。

うぅ。結構なプレッシャーだ。

（でも、あのまま放っておくよりは、連れて帰ってきた方がよかったよな）

これで京子をネットカフェなんていう危ない場所に置いてこなくて済んだのだから。今までは大丈夫だったかもしれないが、これからもずっと大丈夫だとは限らない。やっぱり、早いうちに家に帰るように説得する方がいいだろう。

京子の着ている制服はこの近くの学校のものだ。あれがコスプレでないのなら、この近くに住んでいるんだと思うし。

「あの、お風呂借りてもいいですか？」

「ん？　あぁ、いいぞ？」

「えーっと、湯船に湯を張っても？」

「大丈夫だ」

「やった。久しぶりのお風呂だ！」

京子はスキップしそうな勢いで浴室へと向かっていく。リラックスしすぎじゃないですか？　京子さん。それだけ信頼されていると喜ぶべきか。男として見られていないと悲しむべきか。

そして、しばらくしてから浴室からお湯の流れる音が聞こえてきた。どうやら、湯船に湯を張り始めたらしい。

「確か、この辺に、あ、あった」

クローゼットの中に、母さんが来た時に使ったエアーベッドが入っていた。電動で膨らむ結構いいやつだ。これで寝てもらえばいいだろう。

母さんもシーツを被せれば普通のマットレスとして使えるって言ってたし。

俺はエアーベッドを膨らませ始める。

……これ、結構うるさいな。壁薄いんだけど、壁ドンとかされないかな？

まだ十時回ってないし、流石に大丈夫か？

「あれ、もう寝ちゃうんですか？」

「今日は結構長い間ダンジョンの中にいたからな。特に最後のEランクダンジョンがきつかった」

「確かに」

風呂場から帰ってきた京子は寝る支度を始めた俺を不思議そうに見てきたが、俺の話を聞いて、納得したようだ。

ダンジョンの中だと、十倍の時間が流れる。Fランクダンジョンに潜っていた時間とEランクダンジョンに潜っていた時間を足せば十時間は超える。朝起きてから、すでに二十四時間以上経っているのだ。そう考えると、疲れたと思っても変じゃないだろ?

「風呂が沸いたら京子が先に入っちゃえよ。寝る準備をしちゃうから」

「え、でも。サグルさんがこの家の家主だし」

「そんなこと気にしないで。京子が入った湯に俺が後から入るのが嫌なら、抜いてくれてもいいよ。いつもシャワーしか浴びてないから、俺はシャワーでもいいし」

少々の押し問答の末、京子が先に入ることになった。俺は京子が風呂に入っているうちに、比較的綺麗なシャツをパジャマがわりに用意したり、毛布を用意したり、京子が寝る準備を整えた。

【もっと！　あつまれ】探索者情報共有掲示板283【探索者】
1：名前：名無しの探索者
ここは『ダンジョンＧｏ！』ユーザーの情報共有掲示板です。

謎パワーによって一般ぴーぽーは見つけられないので、安心して書き込みましょう。
称号の取得方法や効率的なモンスターの倒し方など有益な情報の共有をしましょう。
ここで嘘や煽りなどはお控えください。
こう言っても、嘘や煽りをする探索者はたくさん出るので、話半分で聞くように心がけてください。

103：名前：名無しの探索者
今日の昼間、渋谷でFランクダンジョン潜ってたんだけど、なんかめちゃくちゃ攻略スピード速くなかった？

104：名前：名無しの探索者
あぁ。多分、上級探索者が称号取得でもしてたんだろう。
たまにあるんだよな。

105：名前：名無しの探索者
え？　称号を取得するために下級のダンジョンに潜る必要とかあるの？

106：名前：名無しの探索者
>>105
いや、ダンジョンのランクは関係ない。一定数のダンジョンを潜るとか、連続踏破とかそういう称号もあるらしい。
有用な称号は秘密にされてるから俺もよく知らないけど。

107：名前：名無しの探索者
>>106
マジかよ。やめてほしいんだけど。

108：名前：名無しの探索者
まあ、仕方ない。上級探索者なんて台風みたいなもんだ。犬にでも噛まれたと思って諦めることだ。

109：名前：名無しの探索者
>>108
いや、諦めきれねぇよ！　こっちは生活かかってるんだよ！

110：名前：名無しの探索者
>>109
専業探索者は大変だよな。
俺は兼業探索者だからお小遣い稼ぎ感覚で潜ってる分気楽だけど。

111：名前：名無しの探索者
>>109
わかる！　俺は今日は仕方ないからEランクダンジョンに潜って酷い目にあった！

112：名前：名無しの探索者
>>111
馬鹿がいる。
FランクとEランクの間には越えられない壁があるのに！

113：名前：名無しの探索者
>>111
ジョブが十分に育ってないうちに高ランクのダンジョンに潜るのは危険だぞ？
ジョブランクが低いとダンジョンの影響を受けるらしいからな。低ランクジョブのパーティーが高ランクの憤怒のダンジョンに潜ってパーティーが瓦解（がかい）した話とか嫉妬のダンジョンに潜って殺し合いになった話とか聞いたことあるし。

114：名前：名無しの探索者
>>113
マジかよ。怖いな。

115：名前：名無しの探索者
>>113
俺も聞いたことある。
俺の聞いた話では、気になる低ランクジョブの女の子をレベリングと称して中洲に連れていき、色欲のダンジョンに潜ったって話だ。
歓楽街は色欲系のダンジョンが生まれやすいからな。
吊り橋効果も相まって見事カップルになったって話だったけど。

116：名前：名無しの探索者
>>115
（゜Д゜）ｶﾞﾀｯ

１１７：名前：名無しの探索者
＞＞１１５
マジか！

１１８：名前：名無しの探索者
＞＞１１５
俺、ちょっと気になる子に声をかけてくる！

１１９：名前：名無しの探索者
＞＞１１６－１１８
お前らｗｗｗ
まあ、一度これでも見て落ち着け。
（、・ω・）⊃鏡

１２０：名前：名無しの探索者
＞＞１１９
（゜ω゜）ｽｯ

121：名前：名無しの探索者
＞＞119
ぐわぁぁぁぁぁ！　目が、目がぁぁぁ！

122：名前：名無しの探索者
＞＞119
ふぅ。冷静になったよ。お陰で気になる子に「ちょっといいかな？」って送っただけで済んだ。「このアカウントからはブロックされているためメッセージは送れません」って返ってきたから実質被害はゼロだぜ。（T－T）

123：名前：名無しの探索者
＞＞122
致命傷じゃねぇかｗｗｗ
涙拭けよ。

124：名前：名無しの探索者
それより、聞いてくれよ。今日、Ｅランクダンジョンに潜ったんだけど、戦闘中にパーティーメンバーが一人逃げやがったんだよ。
女子高生だからって調子乗りやがって。

125：名前：名無しの探索者
＞＞124
あー。怖くなって逃げ出す奴いるよな。
女子だと特に。
でも、Fランクならまだしもランクダンジョンじゃ珍しいな。
そういうやつはEランクダンジョンに入れるレベルまでいかないのに。

126：名前：名無しの探索者
＞＞125
こいつさっきFランクなのにEランクに潜ったって言ってた奴だぞ。察してやれ。

127：名前：名無しの探索者
＞＞126
あー。つまり、調子乗ってレベルの高いダンジョンに行ったら強すぎて逃げ出したってことか。
ざまぁ！

128：名前：名無しの探索者
＞＞124
男女混合パーティーかよ。
爆発しろ！

129：名前：名無しの探索者
くっそ。あいつなんとかして見つけられないかな？
パーティー編成もフレンドもはずされてて見つけられないんだよ。
もう死んでるかもしれないけど。

130：名前：名無しの探索者
＞＞129
あぁ。それは無理だ。
捜すとしたら、地道にダンジョンを回って捜すか、ここみたいな掲示板で捜すしかない。
ってか、どうして相手が死んでるかもって思うんだ？
そいつが逃げたなら当然生きてるんじゃね？

１３１：名前：名無しの探索者
＞＞１３０
実はこいつの方が女子高生を生贄にして逃げてたりしてな。
うわー。最悪。

１３２：名前：名無しの探索者
＞＞１３０
やっぱりそうか。
なぁ。誰か知ってる奴いないか？
名前はキョウコって言うんだけど。
＞＞１３１
そんなわけねぇだろ！　黙ってろ！

１３３：名前：名無しの探索者
＞＞１３２
あー。これは。

134：名前：名無しの探索者
＞＞132
あ。（察し）

135：名前：名無しの探索者
＞＞132
お前最悪だな。マジで。

136：名前：名無しの探索者
＞＞132
向こうから逃げられたらもう見つけられねぇよ。
潜る場所も移動するだろうし。
俺はキョウコさんが逃げ切れることを祈ってる。

◇◇◇

「はぁ。あったかい」

京子はサグルの家でお風呂に浸かっていた。

こうして湯船に浸かるのはいつぶりだろう？　少なくとも、家出をして、ネットカフェに泊まる

ようになってからはシャワーしか浴びられていないから、一週間はシャワー生活だった。家にいた時だって、母親が男を連れ込むことが多かったので、シャワーすら浴びられない日が多かった。母親が家に連れ込む男はいつも京子のことをいやらしい目で見てきた。その視線に気づいたのは、中学に上がった頃だったと思う。しかも、母親は庇ってくれなかった。むしろ、どんどん京子に対する当たりが強くなっていったように思う。今考えると、母親は自分の彼氏を魅了する京子に嫉妬していたのだろう。

そして、母親との確執が決定的になったのは一週間ほど前、あの事件があったせいだ。

その日、母親はいつものように家に男を連れ込んでいた。母親が男を家に連れ込むことはもうなんとも思わなくなっていた。物心ついた頃からそうだったし、京子の父親は京子が物心つく前に謎の事故で亡くなっていた。だから、母親が男を家に連れ込むことは当然のことだと思っていた。むしろ、他の人の家は母親が男を連れ込まないと聞いて驚いたくらいだ。

母親が男を家に連れ込んだ時は、京子は自分の部屋にこもってできるだけ息を殺していた。そうしていれば、母親の機嫌も悪くならないし、男は勝手に帰っていくからだ。

だが、その日はいつもと少し違った。母親が連れ込んだ男が京子の部屋に侵入してきたのだ。その日はなんとか追い返すことができた。だが、母親は京子を心配するどころか、京子のせいで、男が帰ってしまったことを怒った。京子は母親と口論になり、そのまま家を飛び出した。

そして、通学定期を使って渋谷まで出てきた。なんで渋谷に来たのかはよく覚えていない。ただ人が多くて賑やかなところに行きたかったのか、神待ちしていたらカッコいい男性に出会えたっていう友達のセリフを覚えていたのか。

そこで京子はケンタと出会った。

最初、ケンタは京子をナンパしてきた。正直迷惑だと思っていたら、すぐにケンゴがやってきて二人で『ダンジョンＧｏ！』の話を始めた。どうやら、二人はパーティーメンバーを探していたところだったらしい。

京子はその時二人が話している内容はよくわからなかった。だが、「うまくいけば一万円以上稼げる」とか「早く仲間を増やさないといけない」とかわかる部分もあった。ゲームに詳しくない京子は二人が闇バイトの話をしているのだと思った。

当時、世の中なんてどうでもいいと思っていた京子は仲間に入れてほしいと二人にお願いしたのだ。

（本当に危ないことをしたな～。もしかしたら、水商売のスカウトとかだったかもしれないいんだから）

ケンタとケンゴの二人は京子の発言に驚いた顔をした。京子が『ダンジョンＧｏ！』の適合者だったからだ。二人とも、適合者以外の前で『ダンジョンＧｏ！』の話をしても、相手が理解しないことをわかっていたので、京子の前で堂々と『ダンジョンＧｏ！』の話をしていたのだ。だから、京子が会話を理解していることを本当に驚いていた。

京子は「闇バイトより危ない仕事だけど、ついてこい」というケンゴの後をついて場所を移動した。そこで、ケンタに招待コードをもらい、『ダンジョンＧｏ！』をインストールし、初めてのダンジョンに潜った。そして、ケンタの指示するままに『見習い僧侶』のジョブについた。それから京子は一週間毎日ケンタたちとダンジョンに潜ってお金を稼いだ。

一日で一万数千円は稼げたので、ケンタに教えてもらった高校生でも泊まれるネットカフェに泊まりながら、今日まで一週間生活していたのだ。

(今考えると、ケンタは私が独立できないように『見習い僧侶』を選ばせたんだろうな)

ケンタたちのパーティーに足りてないジョブはいくつかあった。多分一番欲しかったのは索敵ができる『見習い盗賊』だっただろう。京子から隠れて京子を『見習い盗賊』に変更させないかという話をしているところを見たことがある。だが、『見習い盗賊』はうまくやれば一人でもやっていけるジョブだ。だから、京子の独立を恐れて、二人は切り出せなかったのだと思う。

(よく考えると、二人でダンジョンに潜るのは無理だろうし、私が入る前は『見習い盗賊』の仲間がいたのかも)

ケンタとケンゴの二人ではFランクのモンスターでもギリギリ倒せるかどうかだ。にもかかわらず、京子がパーティーに参加した時にはすでに二人のジョブランクはⅡになっていた。つまり、もう一人くらいパーティーメンバーがいたということだ。それが『見習い盗賊』だったんじゃないかと思う。その人が何かの理由で抜けたため、急遽メンバーを探していたんじゃないだろうか?

(まさか、私みたいに囮にしたとか?　……まさかね)

京子は温かいお風呂に入りながらも、体の震えを止めることができなかった。

「それにしても、今日は災難だったなぁ」

京子は怖い想像を振り払うように顔に湯船のお湯をかけ、今日起こったことを思い出す。今日もいつものようにダンジョンに潜っていた。だが、渋谷ならいつもはダンジョン突入から一時間以上は攻略されないのに、今日は一体モンスターを倒した時に攻略されてしまった。いつもなら、一つのダンジョンで最低でも十体はモンスターが倒せるのに、一体だけだった。

最初はもうほとんど攻略済みのダンジョンだったんだろうと思った。そのため、二つ目に潜るダンジョンは三人で『ダンジョンＧｏ！』を確認して、近くにダンジョンが新しくできたのをチェックしてからそのダンジョンに潜った。だが、そのダンジョンもモンスターを一体倒したあたりで攻略されてしまった。三度目、四度目と三人でしっかり確認してから潜ったが、結果は同じだった。

それでも、ダンジョンに潜らないわけにはいかない。京子たちは五つ目、六つ目とダンジョンに潜り続けた。それでも状況は変わらない。むしろ、数をこなしていくうちにダンジョンにいられる時間はどんどん短くなっていった。

今考えると、サグルさんがダンジョンになれて探索スピードが上がっていたからなのだろう。

七つ目、八つ目と数をこなすうちにケンタが目に見えて焦り出した。その様子が心配になった京子は、ケンタに話しかけた。ケンタは、今日返さないといけない借金があるのだそうだ。返さないと大変なことになると青い顔をして言っていた。

そこで、もし次のダンジョンでも同じ状況なら、Ｅランクダンジョンに潜ろうという話になった。

京子だって、このままだと生活費が危ない。今日明日はなんとかなっても、このままが続けば一週間は持たない。

夕方になると、仕事終わりや学校帰りの探索者が増えてくるので、激戦になることを京子たちは知っていた。少し不安だったが、京子はEランクダンジョンに潜ることを了承した。

そして、九つ目のダンジョンも同じ状況だったので、少し休憩を取った後、京子たちはEランクダンジョンへと突入した。

（でも、Eランクダンジョンは予想以上の地獄だったんだよね）

Eランクダンジョンに入って、しばらく移動すると京子たちはモンスターに襲われた。今まではこちらから仕掛けていっていたのに、向こうから襲われてしまったのだ。パニックになった京子たちは訳もわからず逃げ出すことになった。そして、逃げている途中に京子はケンタに足を引っ掛けられ、置き去りにされた。

（あの時はもうダメだと思ったな）

足を引っ掛けられたと気づいた時にはケンタたちは遥か彼方を走っており、飛蜘蛛はすぐ後ろに迫っていた。思わず悲鳴を上げて逃げ出したが、ケンタたちは振り返らない。そして、その声が不快だったのか、京子はモンスターに殴り飛ばされてしまった。

（でも、その後サグルさんに助けてもらったんだよね。カッコよかった）

身体中が痛くて、京子はもうダメだと思った。そんな気持ちでモンスターを眺めていると、目の前に影が現れた。それがサグルさんだった。京子はその横顔に見惚れてしまった。モンスターを容易く打倒する姿に心臓が早鐘を打った。

しかも、サグルさんは京子を助けただけじゃなくて、京子の治療のためにポーションまでくれたのだ。

最初は羨望に似た気持ちだったが、その気持ちは恋へと変わっていった。

だが、サグルさんは京子のことを女として意識していないのかもしれない。Eランクダンジョンの中でもモンスターが出てきたときに驚いたふりして抱きついてみたり、サグルさんのアプリを確認するふりをして胸を押し当ててみたりと何度かアプローチしてみたが、距離が縮まった感覚があまりしない。ここにくるまでの間も、手すら繋いでもらえなかった。

「私、魅力ないのかな？　おっぱいは大きいほうだと思うんだけど」

京子は自分の胸に触れてみる。母親の恋人たちも明らかに京子の胸に視線が行っていた。

でも、好きな人に興味を持ってもらえないのであれば、なんの意味もないではないか。

「って。私、何考えてるんだろ！」

京子は邪念を洗い流すように何度も顔にお湯をかける。そして、少し冷静になって、サグルが京子を誘った時のことを思い出す。

サグルは京子のことを心配して家に誘ってくれた。だが、その後、京子が女の子だったことを思い出し、焦って弁明していた。あの時のサグルは可愛かったなと京子は思った。

「ちゃんと女の子だとは認識されてるんだよね。……頑張って、みようかな」

京子は決意を新たに、浴場を後にした。

「サグルさん。お風呂お借りしました。いいお湯だったんで、サグルさんも冷めないうちに入っちゃってください」

「おぉ。わかっ、た」

風呂場から出てきた京子を見て俺の思考は一瞬フリーズした。白い肌は少し上気して赤みを帯びており、色っぽい。そして、俺が用意したシャツを着ているが、サイズが合っていないため、かなりブカブカだ。小さめのワンピースみたいになっている。短パンも一緒に準備したのだが、シャツがブカブカなせいではいていないように見える。

はいてるよな？

彼シャツの破壊力の強さをこんなところで認識してしまうとは。

「？　どうかしましたか？」

「いや、なんでもない。京子の寝る準備は済ませておいたから」

「わぁ。ありがとうございます。横になって寝るなんて久しぶり」

京子は嬉しそうにエアーマットレスの上に転がる。ブカブカなシャツのせいで胸が見え……。

「！　風呂入ってくるな。先に寝てていいから」

「はーい」

眠たそうな返事を背に、俺は浴室へと向かう。手早く服を脱いで浴室に入る。

「……」

いつも入っている浴室のはずなのに、いつもとは少し違うように感じる。心なしか、いつもより良い匂いがするように思うし。

それは、ここにさっきまで女子高生がいたせいか、それともただの気のせいか。

「いかんいかん。さっさと入ってしまわねば！」

俺は邪な気持ちを振り切り、体を洗う。

いつもより念入りに洗ったのはどうしてか。

「……」

そして、再び難関がやってきた。

湯船だ。

ここにさっきまで美少女が入っていたと思うと、どうしても躊躇してしまう。彼女いない歴＝年齢の俺にはハードルが高すぎる。

「えーい。ままよ」

俺は勢いよく湯船に浸かる。入ってしまえば普通の湯船だった。

それでも出るまでずっと悶々としてしまったが。

＊＊＊

「すー。すー」

「やっぱり寝ちゃったか」

俺が浴室から出てくると、すでに京子は夢の世界に旅立ってしまっていた。今日疲れたというのもあるかもしれないが、これまでの疲れも出たのだろう。ネットカフェなんかじゃちゃんと眠れないからな。

京子の安らかな寝顔からは本当に安心してくれているということが窺えた。

「……おやすみ」

明日からどうするのかはまた明日話し合えばいいだろう。とりあえず、今は俺も疲れたし、さっさと眠ってしまおう。

俺は安らかに眠っている京子の隣を起こさないように静かに通り抜け、自分のベッドで横になる。

電気を消せばすぐに眠気が襲ってきて、俺も夢の世界へと旅立っていった。

「はぁ？　お前今なんて言った？」

「ひぃ！」

東京の品川区にある倉庫街の一角に立つ街の発展から取り残されたような古びた倉庫。竜也がアジトとして使っているその場所に怒声が響いていた。

機嫌の悪い竜也の前には京子の元パーティーメンバーであったケンタとケンゴが地面に正座している。

ケンタはケンゴと一緒に竜也のもとにきていた。ケンタは竜也の半グレグループのメンバーだった。

竜也は『ダンジョンＧｏ！』の適合者を自分のグループに勧誘し、そいつらにノルマを与えてダンジョンに潜らせ、ある程度強くなると、自分の犯罪者グループのメンバーとして使っていた。ケンタも一ヶ月ちょっと前に竜也の部下に声を掛けられて竜也のグループに入った下っ端だった。

そして、今日が竜也に上納金を払う日だ。だが、今日は十分に稼げず、ケンゴに借りても九万円ちょっとしかいかなかった。

「その、今日は上級探索者が渋谷のダンジョンを荒らしてて、明日、明日なら必ず払いますんで！」

「そんな言い訳はどうでもいいんだよ！」

「ひぃぃぃぃ！」

竜也は近くにあった机を蹴っ飛ばすと、その机はケンタの脇を掠め真っすぐ壁に飛んでいき、壁にめり込む。普通なら放物線を描くところを直線的に飛んでいった。どれだけの強さで蹴られたのか、想像すらできない。

少なくとも、ケンタは自分がそんなことをやれるようになる未来は想像できない。これが上級冒険者だ。

「クソ。まあいい、明日まで待ってやる。二人で百万。耳を揃えて持ってこいよ」

「「ひゃ、百万！」」

ケンタとケンゴはその値段に目を見張る。

「一日待ってやるんだ。利子がつくに決まってるだろ！」

「で、でも、流石に十倍はやりすぎなんじゃ」

「……俺は別にお前の可愛い妹に払ってもらってもいいんだぞ？」

「そ、それだけは！」

ケンタには妹がいた。ケンタとは似ても似つかない可愛い妹で、都内にある進学校に通っていた。中学の頃から不良になり、両親に煙たがられているケンタにも優しく接してくれる妹だ。

竜也はどこからかその情報を手にいれ、ことあるごとにそのネタで脅してきていた。

「じゃあ、百万。明日までに用意しろよ」

「……はい」

ケンタは悔しそうに唇を噛みながらうなずくしかなかった。

＊＊＊

（くそ！　キョウコさえ生きてればこんなことにはならなかったのに）

竜也のいた倉庫から出てケンタとケンゴは近くの公園で今後の話し合いをしていた。

キョウコはもしもの時の保険としてパーティーメンバーに入れていた。こんなふうに、上納金が足りなかった時に竜也に差し出すためだ。大好きなおばあちゃんが関東に住んでいるというケンゴを連れてきたが、やはり、男ではそれほどの効果はなかった。

キョウコは思いの外身持ちが固く、おどしのネタになる情報は手に入らなかった。本名すら教えてもらえなかったくらいだ。わかっている情報といえば、高校くらいだ。キョウコはいつも制服をきているので、都内の女子校に通っていることはわかっている。だが、それだけのネタではどうしようもない。親しい友達や家族がわかればよかったのだが、キョウコはこの一週間、一度も学校にもいかず、家にも帰らなかった。

脅すネタがない以上、生きていたとしてもついてきてくれなかったかもしれない。だが、拒否するようならケンゴと一緒に力ずくで連れてくることも考えていた。そのためにあいつを力が強くならない『見習い僧侶』にしていたのだから。

「ど、どうするんだよ！　ケンタ！　お前のせいだぞ！」

「何度も言わなくてもわかってる！　だから今考えてるんだろ！」

「くそ！　くそ！　あの時あの金を使わなければ……」

ケンタもケンゴもこの一週間で十万円以上は稼げていた。だが、二人とも稼いだそばから使っていたので、手元にはそこまで多くの金が残っていなかった。それでも、今日稼げれば上納金には足りるはずだったのだ。

そんな生活だったので、一週間前も同じような状況になっていた。一週間前はギリギリ足りたが、その時のゴタゴタで、『見習い盗賊』と『見習い拳士』の二人はケンタとケンゴのもとを去っていった。あの二人はどちらもフリーターだったので、おそらく東京を出てどこかで探索者をやっているのだろう。ケンゴだけは聞いてもいないのにペラペラと情報を喋ってくれていたので、その情報を使って脅したため逃げられなかったというべきか。

「どうする！　またキョウコみたいな適合者を探してダンジョンに潜るか？」

「一日で九十万も稼げるわけないだろ！」

「じゃあどうするんだよ！」

「お困りのようだね」

「⁉」

夜の公園に誰かの声が響く。ケンタとケンゴが声の方を見ると、そこには一人の男が立っていた。その男はオールバックに髪をしっかりとセットしており、紺のスーツに身を包んでいる。こんな倉庫街よりオフィス街の方が似合いそうな出立ちだ。

「だ、誰だよ」

「おっと名乗るのが遅れたね。私は金田という。君たちが困っていたようなので声を掛けたんだよ」

金田と名乗る怪しげな男はゆっくりとケンタとケンゴの方に近づいてくる。

場違いな場所にいる場違いな男。普通なら、警戒して当然だが、なぜか二人は警戒心を抱けなかった。それは二人がパニック状態だったからか、それとも金田のおかしな気配のせいか。

「これが僕の名刺だ。僕は私立探偵をしているんだ」

「探、偵？」

金田はケンタとケンゴに名刺を差し出す。名前と住所、電話番号だけ書かれたシンプルな名刺だ。

そこには『私立探偵　金田　ハジメ』と書かれていた。

ケンタもケンゴも探偵という職業は知っていた。アニメやドラマでは殺人事件を颯爽と解決していくが、実際は浮気調査なんかをする仕事のはずだ。

はっきり言って怪しい職業だ。

　それでも、ケンタたちは金田に警戒心を抱くことができない。むしろ、話せば話すほど、親近感を覚えてしまっていた。

「実は、お金に困っている君たちにぴったりの仕事があってね。よかったらやってみないかい？」

「ほ、本当か？」

「あぁ。うまくいけば一日で百万円だって夢じゃない。もしダメでも、僕が君たちに百万円を貸してあげよう」

「やった！　やる！　やります！」「やらせてください！」

　ケンタとケンゴは二つ返事で了承する。その時、何かが金田と二人の間で繋がった。金田は成果にニヤリと笑ったが、ケンタとケンゴの二人は気づかない。

「うまく行ったみたいだな。まあ、竜也さんが追い詰めたやつを奴隷にするのを失敗したことはないんだが」

　金田は先ほどまでの慇懃無礼な態度をやめていきなりぞんざいな態度になる。だが、ケンタとケンゴの二人は反応しない。二人は完全に金田のスキルにかかっていた。

　金田は竜也の部下の一人だった。竜也が追い詰めた人間をスキルを使ってこうして使い勝手のいいコマにするのが金田の仕事だった。

「そうだな。まずお前らにやってもらいたいことはスカウトだ」

　パラパラと手帳をめくりながら、予定を確認する。

「母親には許可をもらってるのに本人がなかなか見つからなくてな。お前らにはその女を捜すのを手伝ってもらう。写真もないから大変かもしれないが、まあ、ダンジョンに潜るわけじゃないんだ。死にはしないからいいだろ」

金田は二人を馬鹿にしたように笑う。

だが、ケンタとケンゴは抵抗できない。その瞳には知性の輝きが消え去っていた。

「一度倉庫に戻って久保田に指示を仰げ」

予定通り手に入れた手駒に金田は指示を与えた。二人はふらふらとした足取りで金田のもとを去っていく。

「さて、そろそろ見つかってくれればいいんだが。やっぱり男より女を落とす方が楽しいからな。待っててくれよ。京子ちゃん♪」

その手帳には次のターゲットとして矢内京子の名前が記されていた。

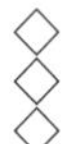

【探索者!】探索者情報共有掲示板289【全員集合!】
1:名前:名無しの探索者
ここは『ダンジョンGo!』ユーザーの情報共有掲示板です。
謎パワーによって一般ぴーぽーは見つけられないので、安心して書き込みましょう。
称号の取得方法や効率的なモンスターの倒し方など有益な情報の共有をしましょう。

ここで嘘や煽りなどはお控えください。
こう言っても、嘘や煽りをする探索者はたくさん出るので、話半分で聞くように心がけてください。

709：名前：名無しの探索者
質問があるんですが、書き込んでも大丈夫ですか？

710：名前：名無しの探索者
＞＞709
とりあえず質問してみろ。
答えられる情報と答えられない情報があるから。
一般的な情報なら答えられる。

711：名前：名無しの探索者
＞＞710
ありがとうございます！
昨日、パーティーメンバーが増えたんですけど、そいつのジョブをどれにしようか悩んでて、戦

闘面では現状で足りているので、サポート系か回復系のジョブについてもらおうと思うんですが、
どれがいいでしょうか？

７１２：名前：名無しの探索者
＞＞７１１
それは質問というより、相談だな。

７１３：名前：名無しの探索者
＞＞７１１
ｇｇｒｋｓ！　と言いたいところだけど、ダンジョン関係の情報は簡単にはネットで手に入らないからな。
この掲示板だって、リアルで探索者に会ってＵＲＬを直接教えてもらわないと辿り着けないし。
この前なんて、ダンジョンの情報を見つけたと思ったら、ただのスマホゲームの情報だった。

７１４：名前：名無しの探索者
＞＞７１３
あるある。
俺もそれで何度も悔しい思いをした。

この掲示板の過去スレとかで調べれば情報が出てくるけど、量が多くてそれはそれで大変なんだよな。

715：名前：名無しの探索者
>>711
今調べてみたが、過去50スレでジョブの説明が見つからなかったので、張っておく。

・物理アタッカー
見習い戦士（物理攻撃が強い。攻防に優れた優良ジョブ。ソロ、パーティーどちらでも活躍できる）
・魔法アタッカー
見習い魔法使い（魔法攻撃が強い。防御力は低いが、攻撃力は戦士より上のジョブ。パーティー向きでソロには不向き）
・斥候
見習い盗賊（感知能力が高い。防御力は低いが回避力が高く、攻撃もできるジョブ。ソロ向き、パーティーでもいると助かる）
・サポーター
見習い商人（獲得できる賞金が増え、Eランク迷宮以上だと、ドロップアイテムも増える。パー

ティー向きのジョブ。ソロはほぼ不可能）
・回復
見習い僧侶（支援魔法が使える。ランクV以上で回復魔法も覚える。パーティー向きのジョブ。ソロはほぼ不可能）
これ以外のジョブはよくわからんから、就くのはお勧めしない。

716：名前：名無しの探索者
>>715
いつも情報を出してくれてる生産職さんかな？

情報共有トンクス

>>711
選択できるジョブは結構あるから迷うんだよな。

小説とかなら、テンプレじゃないジョブが強かったりするけど、現実じゃ命をかけてる以上、チャレンジするにも限界があるし。

ジョブの育て直しはゼロからの再スタートだからな。

717：名前：名無しの探索者

>>715
やっぱりそうですよね。

そいつには見習い僧侶をやってもらいます。

でも、こうしてみてみると見習い商人も捨てがたいところです。

718：名前：名無しの探索者
>>717
合理的な選択だと思うが本人とちゃんと相談した方がいいぞ。

見習い魔法使いは戦闘系のジョブだからか、少しはフィジカル面が強化されるが、見習い僧侶と見習い商人は全くと言っていいほどフィジカルが伸びない。

一般人よりは強くなるが、モンスター相手では一般人と大して変わらないレベルだ。

何かあった時、自分のことを守ることすらできないんだ。

それが嫌で、途中からジョブを変更する奴もいる。

719：名前：名無しの探索者
>>718
回復系やサポート系は引く手あまただから、別のパーティーに移籍しちゃうこともあるしな。

特に、回復魔法が使えるようになるランクVの見習い僧侶以上だと引く手あまただし。

720：名前：名無しの探索者
>>719
ヒィ！
それは困ります！
ちゃんと話し合って決めます！

721：名前：名無しの探索者
>>719
フィジカル面が弱いんだったら、力で従わせたらいいんじゃないか？

722：名前：名無しの探索者
>>721
怖！
俺、お前とは友達になれねぇわ

723：名前：名無しの探索者
>>721

やめた方がいいぞ。

あまり抑圧すると、エグい派生ジョブになって反逆されたりするからな。

724：名前：名無しの探索者
>>722
俺もお前みたいな奴と友達にはなりたくねぇよｗｗｗ

>>723
派生ジョブってあれだろ？　見習い戦士が剣ばっかり使ってるとランクXになった時、戦士とは別に見習い剣士になれるようになったりするやつ？

強さが戦士と比べると無茶苦茶弱くなるから、回避安定という噂の。

そんなのになったからって何があるってんだよ？

725：名前：名無しの探索者
>>724
派生ジョブは基本的に初期ジョブより強いぞ？

戦士と比べれば格段に弱いが、見習い剣士は見習い戦士の1・5倍くらいの強さだったはずだ。

上位職の剣士も戦士より強かったはずだ。

ただ、パーティーを組んでいたりして、周りが上位職なのに一人だけ見習い職だと、完全に足手纏いになるから避けた方がいいと言われてる。

でも今話している話は少し違って、派生ジョブの中にはエグい効果のやつもあるらしいとの噂だ。

実在するかはわからないが、商人から派生する奴隷商人とか、僧侶から派生する破戒僧とか。

奴隷商人は自分より低いランクの探索者を自由に操れるとか、破戒僧は対人特化で他の職では太刀打ちできなくなるとか聞いたことがある。

俺も実物は見たことないが、『ダンジョンＧｏ！』の運営ならやりかねん。

７２６：名前：名無しの探索者
＞＞７２５
まじか。そんな派生ジョブがあるのか。
俺も目指してみようかな。奴隷商人。
ぐふふ。

７２７：名前：名無しの探索者
＞＞７２６
おすすめはしないが、発生条件がわかったら教えてくれ。

728：名前：名無しの探索者
＞＞727
どうしてだよ？　めちゃくちゃ便利そうじゃね？

729：名前：名無しの探索者
＞＞728
『ダンジョンＧｏ！』の強い特殊職には大体デメリットがついてくる。
戦士が武器なしで戦っていた場合なれるようになる『見習い狂戦士』なんかが有名だな。
見習い狂戦士は見習い職の段階で普通の戦士に届くくらい強いが、ランクが上がっていくごとに破壊衝動が強くなってくるらしい。

730：名前：名無しの探索者
＞＞729
俺もその話聞いたことある。
確か、ある探索者が見習い狂戦士をやってたけど、破壊衝動に耐えかねてジョブを変更したんだよな。
ジョブを変更しても破壊衝動が消えなくて、自分の家族を殴り殺しちゃったとか。

731：名前：名無しの探索者
＞＞730
え。コワ。
呪いかよ。

732：名前：名無しの探索者
＞＞731
あぁ。だから、『見習い狂戦士』は呪いのジョブと言われている。
まあ、強いのは強いんだが。
海外の最上級探索者で狂戦士系統のジョブについてる人もいるらしいし。

733：名前：名無しの探索者
＞＞732
あぁ、狂英雄さんですね。
ソロでダンジョンに潜り続けてるっていう。
破壊衝動が抑えきれないから、いっそのことダンジョンの中から出ないようにしようっていう逆転の発想がすごいよね。

734：名前：名無しの探索者
＞＞732
狂英雄さんですね。
最近、Ｂランクダンジョンを攻略したっていう。

735：名前：名無しの探索者
＞＞732
もしかして、狂英雄さんのこと？
そうか。あの人がソロなのってそういう理由があったのか。

736：名前：名無しの探索者
＞＞732
怖いですね！
僕は一般ジョブだけに就くようにします。

737：名前：名無しの探索者
＞＞715
話を戻すみたいで悪いんだが、鍛冶師や防具職人みたいな生産系のジョブって育てる必要あるか？

俺は今Eランクダンジョンに潜ってて、初期状態でもなんにも問題ないんだが、今後どうなっていくのか気になってる。

738：名前：名無しの探索者
>>737
生産職のジョブって、見習い鍛冶師とか、見習い防具職人とかですよね？

このジョブって何か使えるんですか？

739：名前：名無しの探索者
>>737
生産系のジョブは基本的には育てる必要ないぞ。

初期状態でも、Eランクダンジョン産のアイテムならほとんど加工できる。

Dランク以上に行けば、俺みたいに生産を生業としてる探索者がいるから、その人たちに頼む感じだ。

主に引退した探索者がやってたりする。
>>738

Eランクダンジョンに入ると、ドロップアイテムが出るんだけど、それを使って武器が作れる。俗にダンジョン武器と言われてるやつだ。

それを作るのに、ジョブを見習い武器職人とか、見習い防具職人とかにする必要がある。

Eランクダンジョンに潜ってる間はダンジョンから帰った後、家でジョブを切り替えて武器製作をする。

武器製作でも少しだけ経験値が入るが、微々たるものだから、ジョブランクを上げようと思うと、ダンジョンに生産職のジョブで潜らないといけないんだ。

生産職のジョブはパーティーにいても足手纏いにしかならないから、あげてる奴はほとんどいないな。

鍛冶師の派生ジョブに黒鍛冶師とかの戦闘もできるジョブはあるが、そこまで育てるのはかなり大変らしい。

740：名前：名無しの探索者

>>739

へー。そうなのか。

というか、引退した探索者とかいるんだな。

いや、俺もずっとは探索者やってられないとは思うが、スマホ使ってるから最近できたシステムだと思ってた。

741：名前：名無しの探索者
>>739
教えていただき、ありがとうございます。

ちなみに、生産職さんにはどうやって会えばいいんですか？

今、僕はFランクダンジョンを潜ってるんですが、僕にもすごい武器とか売ってもらったりできますか？

742：名前：名無しの探索者
>>740
『ダンジョンGo！』の前身となったシステム自体は江戸時代にはすでにあったらしいぞ？

当時は立札を使ってダンジョンの場所を教えてたらしい。

それより前は知らん。

>>741
高レベルのダンジョン武器は完全に受注生産だ。

一回いくらで請け負ってる。

一パーティーで十万円くらいが相場だ。

生産職側としては製作は一瞬でできるし、頼む側としてもドロップアイテムはアプリの中にしまって置けるから嵩張らない。

何より、客は自分より間違いなく強い上級探索者だからな。危ないから在庫は持たないようにしてる。

古くなった武器とかを生産職を仲介にして売買することはあるらしいけど、トラブルが多いから俺はやってない。

東京周辺でやってるやつはいないんじゃなかったかな？

743：名前：名無しの探索者
＞＞742
売ってもらえないんですか。
残念です。
でも、確かに、上級探索者に襲撃とかされたら怖いですもんね。

744：名前：名無しの探索者
＞＞743
まあ、生産職の探索者には政府のダンジョン探索者とかのお得意さんがいるから、何かあったときは最優先で助けてもらえるらしいけどな。

俺のところにもそれ系のお得意さんが何人かいるし。

だから、生産職に迷惑をかける奴は滅多にいない。

政府組織にも戦闘もできる黒鍛冶師みたいなのがいるらしいが、やっぱり専門の生産職の方ができがいいらしい。

生産職は数をこなせばこなすほど完成度が高くなるらしいから、お抱えの生産職より在野の生産職の方が腕はいいらしいんだよな。

745：名前：名無しの探索者
＞＞744
へー。そうなのか。
俺も鍛冶師を目指してみようかな。

746：名前：名無しの探索者
＞＞745
目指すのはいいが、Dランクダンジョンの方が稼げるとだけ教えておこう。
五人のフルパーティーで潜っても一日に一人数万は簡単にいくらしい。
生産職は一日に数十万円稼げることもあるが、注文がないと一円も入ってこないからな。
俺だと月平均二〜三十万くらいだ。

だから、だいたいの生産職探索者は副業もしてるといっていた。

747：名前：名無しの探索者

>>746

そうそう上手い話はないってことか。

やっぱやめとくわ。

# 第三章　アイエエエエ！　ＮＩＮＪＡ⁉　ＮＩＮＪＡナンデ⁉

「ん。うーん？　母さん？　なんか良い匂いがするけど、朝ごはん何？」

「くすくす。ごめんなさい。起こしちゃいましたか？」

「……はっ！」

京子の声を聞いて、一瞬で眠気が吹き飛んだ。ベッドから起き上がると、京子が楽しそうに料理をしている姿が目に入ってきた。制服が汚れるのが嫌だったのか、俺が貸した服装のままだ。

どうやら、俺は京子と母親を間違えてしまっていたらしい。

これは恥ずかしい。小学校の時、先生を間違えて「お母さん」って呼んじゃった時くらい恥ずかしいぞ。

俺は顔が真っ赤になるのを止めることができなかった。

「冷蔵庫の中のもの色々と使わせてもらいましたけど、よかったですか？」

「え？　あぁ。大丈夫だぞ」

ローテーブルには二人分の朝食が並んでいる。納豆に味噌汁といった、「ザ・日本の朝食」という感じのメニューだ。これに塩鮭と海苔でもあれば完璧だった。

当然俺の冷蔵庫の中にそんなものはないので、代わりにハムエッグが並んでいる。

「もうすぐご飯も炊けるので、少し待っていてください」

「あぁ。わかった」

俺はベッドから起きて、軽く身支度を整えた後、テーブルにつく。それとほぼ同時に、京子がご飯をよそって持ってきてくれた。京子はそのまま席に着く。

「えーっと。いただきます」

「はい。めしあがれ」

俺が手を合わせて「いただきます」と言うと、京子は真剣に俺の方を見てくる。

「……」

京子さん。そんな真剣な顔で見られてると食べづらいんですが。

少し恥ずかしく思いながらも、目の前に並んだ料理を口にする。

「……！　うまい！」

一口食べただけで思わず顔が綻ぶ。そのまま二口目、三口目とどんどん食べ進めてしまう。

「よかった。口に合ったみたいですね」

京子はほっとしたように微笑む。

ご飯はいつもよりふっくら炊けている気がする。いつも使っている炊飯器で炊いたはずなのにだ。ハムエッグも、思っていた以上に美味しい。今までハムは買ったままの状態でしか食べたことなかったけど、焼くと美味しいんだな。いや、味付けしてるのか？

そして、何より味噌汁だ。いつもはインスタントしか食べないから、ちゃんと作った味噌汁なんて、母さんが東京に遊びにきた時以来だ。母さんの味噌汁とも少し違い、どことなくホッとする味がする。

俺は夢中で朝食を食べきった。

「ふぅ。食った食った。ごちそうさまです」

「お粗末さまです。喜んでもらえたみたいでよかったです。もっと色々と材料があればちゃんとしたものが作れたんですが」

「いやいや、めちゃくちゃちゃんとしてたよ！　本当にありがとう」

俺は朝食は食べないか、食べても軽いものだけだったが、今日の朝食は美味しかったので、夢中で食べてしまった。それくらい美味しかったのだ。

「こんな朝食なら毎日食べてもいいな」

「!!　なら……！」

「ん？　なんだ？」

「いえ。何でもありません（落ち着くのよ、京子。まだ攻めるタイミングじゃないわ。今はなし崩し的にこの部屋に住み続けるのが先決よ。ここで攻めて部屋から追い出されたら元も子もないわ）」

「……そうか」

独り言をぶつぶつ呟く京子のことは気になったが、何でもないというのであれば、何でもないのだろう。お局の武井さんもこういうことよくあったし。そして、こういう時にツッコむと高確率でキレられるのだ。キレる若者とかいう言葉がよくあるが、年配の方の方がよくキレると思うんだよ

な。しかも、長い間ネチネチと根に持ち続けるし。

「そうだ。京子。この後どうするんだ？」

「!!」

俺が、質問すると京子は体をこわばらせる。俺、そんな体をこわばらせるようなこと聞いたか？

そして、しばらく俯いた後、上目遣いに俺の方を見てくる。

「えっと、この家に置いてもらえないでしょうか」

「……あぁ。この家にいたいなら京子がいたいだけいていてくれていいぞ」

「!! サグルさん！ ありがとうございます」

京子は捨て猫のような表情から一気に笑顔になる。よく、こういう時、花の開花の高速再生に例えられるが、本当にそうだな。みるみるうちに表情が変わっていく様子は見ていて面白いものがあった。

面白がってたら怒られるかもしれないけど。

（こんなに喜んでくれるなら、いくらでもいてくれて大丈夫だな。昔の俺なら断ってただろうけど、今ならちょっとくらい警察に捕まっても大丈夫そうだしな）

社会人にとって、警察のご厄介になるというのは死活問題だ。もし、女子高生を家に連れ込んでいたとなれば、会社をクビになることは間違いない。前の社長なら俺のこともちゃんと知ってくれていたから、クビにされないかもしれないが、武井さんあたりはかなりキツく当たってきそうだ。

その点、今なら大丈夫だ。運営元はどこかわからない『ダンジョンＧｏ！』で稼いでいるからな。

それに、このままEランクダンジョンに潜り続ければ一日に数万円は稼げる。

稼げるうちに稼いでおけば、もしダンジョンで稼げなくなっても大丈夫だろう。

「俺が聞きたかったのは、そうじゃなくて、今日この後どうするかってことだよ。お金稼ぎにダンジョンに行く？　それとも、もう当分生活できそうな金額は稼げたし、学校の方に顔出してみる？」

俺の質問に京子は思案顔になった。

「あれ？　生活が落ち着いたら、学校に行こうと思ってたんじゃないの？」

ダンジョン内で話を聞いた感じだと、京子は学校のことがかなり好きそうだった。家にいづらい京子にとって、学校は唯一の居場所だったそうだ。

落ち着いたらまた学校に通いたいと言っていた。

俺の家に住むようにすれば宿代も浮く。そうすれば、ダンジョンに潜るのは放課後の時間だけでも十分のはずだ。だから、もう学校にも通えるはずだ。

母親は放任主義だから、家出した京子が学校に通っていても何も言ってこないだろうとのことだし。

授業料は入学の時に全額払い込んでいるため、また通うことは可能らしい。

授業料は会ったことのない父方の祖父母が払ってくれたそうなのだが、母親に横領されそうなので、入学時に全額払える学校を選んだそうだ。ほんとに大変な家庭なんだな。

「……今学校行くのはちょっと危ないかなと思ってます」

「どうしてだ？」

「多分大丈夫だとは思うんですけど、ケンタが学校を張っているかもしれないので。ほら、私、ずっと制服姿じゃないですか」

「あー」

京子は昨日ケンタたちにダンジョン内で置き去りにされた。生き残れこそしたが、かなり危ない状況だった。俺が助けて一緒にEランクダンジョンを攻略したことでお金を稼ぐこともできたので、京子はケンタのことをあまり恨んではいないように見える。だが、側から見たら恨んでいて当然だ。恨まれる側のケンタとしては京子が生存しているか死亡しているかくらいは確かめておきたいだろう。京子はずっと制服で行動していたので、京子の学校は特定されている。学校で待ち伏せしていてもおかしくない。

生存を確かめるだけで済めばいいが、生きていたらいっそのこと殺してしまうという手に出てくるかもしれない。京子をモンスターの前に置き去りにしたような奴だ。何をしてくるかわかったもんじゃない。

「だから、ほとぼりが覚めるまで、一週間くらいは学校に行くのは避けようかなと思ってます」

「なるほど。そういう理由なら俺も止められないな。じゃあ、今日は俺と一緒にダンジョンに潜るか？」

「いいんですか！」

「うぉ！」

俺が一緒にダンジョンに潜ろうというと、ローテーブルに両手をついて京子は身を乗り出してくる。

京子は今俺が貸したブカブカのシャツを着ている。そんな状態で前屈みの体勢になるのは危ない。何がとは言わないが、本当に危ない。

俺は赤くなった顔を逸らしながら京子に答える。

「あぁ。昨日、京子と一緒に潜った時は結構快適だったからな。今日も一緒に潜れたらいいなとは思ってる。Eランクダンジョンに潜ることになると思うけど、大丈夫か？」

「問題ないです！　むしろ嬉しいくらいです！」

京子はニコニコと微笑む。心なしか体を揺らしているように見える。

だから、さっきよりさらに危ない状況になっていた。これは、指摘した方がいいのか？

えーい、ままよ。

「よかった。……それと」

「それと」

「前、見えそうになってる」

「え？　きゃ」

俺の指摘に京子は恥じらうように体を抱える。おそらく、調理中の汚れが気になって着替えていなかったのだろう。早く着替えた方がいい。

「……制服より、別の服を買った方がいいんじゃないか？」

「そうですね。制服で歩いていて、補導されそうになったこともあるので」

ケンタたちと渋谷でダンジョンに潜っていた時も何度か補導されそうになったらしい。その時は全力で逃げたが、どうせなら服を変えてしまうのがいいだろう。その時はお金がなかったが、昨日Eランクダンジョンを攻略したおかげで、京子も数万円の収入を得ている。今なら服の一着や二着、普通に買えるだろう。

「とりあえず、服を買いに行った方がよさそうだな」

「そうですね」

俺たちはお互い顔を赤くしながら、出発の準備をした。

＊＊＊

「どうですか？」

「うん。可愛いと思うぞ？」

俺たちは新宿まで来ていた。京子は清楚系のワンピースを着て俺の前に立っている。

着崩した制服姿だと気付かなかったが、京子はかなりの美少女で、癖のないサラサラな髪は肩口で綺麗に切り揃えられており、白いワンピースを着ると、いいとこのお嬢様みたいに見える。正直、ドストライクだ。

「（サグルさんは清楚系が好みみたいね。ちょっとエッチなのも好きみたいだし、夜はえっち系でせめて、昼は清楚系でいくのが良さそう）」

「ん？　なんか言ったか？」

「いえ？　なんでもないですよ？」

「そうか」

何か言っていたような気がしたが、気のせいだったのか？　いや、独り言だったら突っ込んで聞くのも野暮か。

「じゃあ、これをお願いします。クレジットカード払いで。あ。服はこのまま着ていきます」

「はいはい」

「え？」

俺が近くでニヤニヤと俺たちを見守っていた店員にクレジットカードを渡すと、それを受け取った店員はスッと京子に近づき、手慣れた手つきで服のタグを回収していく。そして、颯爽と会計機の方へと行ってしまった。

「そ、そんな！　悪いです！　私、出しますよ」

「気にしなくていいよ。それくらいはプレゼントする。「可愛い姿を見せてくれたお礼だよ」

「……！　ありがとう、ございます」

京子は顔を真っ赤にして俯いてしまう。店員さんにこう言えと言われたから言ってみたが、これでよかったのか？

さっき、京子が着替えているうちに、店員さんが寄ってきた。そして、こういう時は男の方が奢るのが当然だし、ちゃんと褒めることという指示を出されたのだ。ちなみに、「可愛い姿を見せてくれたお礼だよ」っていうのも店員さんの仕込みだ。感情の消えた顔で迫ってくる店員さんに拒否することはできなかった。

助けを求めるように店員さんの方を見ると笑顔でサムズアップをしている。おそらく、これでいいということなんだろう。

彼女いない歴＝年齢の俺より、百戦錬磨っぽい店員さんの方が信じられるだろう。

「……えへへ。可愛いって言ってもらえた」

漏れ聞こえてくるセリフから、嫌がられてはいないようだし、よしとしよう。

さて、この後はついにダンジョン探索だ！

＊＊＊

「さて、どこのダンジョンに潜る？」

「そうですね」

俺と京子は新宿の駅前まで戻ってきて『ダンジョンGo！』のアプリをみていた。俺のアプリを二人で覗き込んでいる形だ。

どうやら、パーティーメンバーになれば相手の『ダンジョンGo！』を見られるようになるらしいのだ。パーティーメンバー以外が見ると、画面には謎の動画が映っているように見える。今朝京子と一緒に検証した結果、そういう仕様になっているとわかった。一体どういう仕組みになっているのやら。考えるだけ無駄か。

それだけでなく、パーティーの欄では名前とジョブ、しかも公開設定にしている分しか見ることができないが、自分の『ダンジョンＧｏ！』を見せあえば、ジョブランクやレベルも共有することができるとわかった。しかも、自分の見せたくない情報は相手には見えないようになっているらしい。俺のセカンドジョブや称号欄を京子は見れなかったし、京子の体重とかを俺は見ることができなかった。なぜかスリーサイズは見えたけど。

……京子さんって着痩せするタイプなんですね。

「Ｅランクのダンジョンは歌舞伎町のあたりが多いですね」

「Ｆランクのダンジョンも多いから、あの辺はダンジョンが生まれやすいんじゃないか？」

「確かに、負の感情とかたまりやすそうですもんね」

「……そうだな。煩悩、たまりそうだもんな」

京子は俺のスマホを覗き込み、歌舞伎町の辺りを指差す。確かにその辺りはダンジョンが多い。

京子が俺のスマホを覗き込んでいるのは俺の『ダンジョンＧｏ！』の方が多くの情報が載っているからだ。

俺の『ダンジョンＧｏ！』なら、マップ画面で拡大縮小すれば関東全域くらいのサイズにはできるが、京子の『ダンジョンＧｏ！』では町内くらいしか表示することができなかった。載っているダンジョンも俺の方が多かった。

ちなみに、見習い職の中で一番広域が表示されたのは『見習い盗賊』だった。斥候職だからだろうか？

そんなわけで、俺は煩悩と闘いながらダンジョンを探すことになったのだ。それにしても、どうして女の子っていい匂いがするんだろう。シャンプーとかは昨日同じものを使ったはずなのに。

「じゃあ、歌舞伎町の方に行きましょうか」

「そうだな。避ける理由もないし」

「じゃあ、行きましょう」

俺は京子に導かれるように歌舞伎町の方へと向かった。

＊＊＊

「へー歌舞伎町ってこんな感じなんだ」

朝方の歌舞伎町は閑散としていた。まあ夜の街だし当然か。時折、通勤客っぽい人たちが通り抜けていくくらいで、人は多くない。

もっと退廃的な場所をイメージしていたが、思っていたより普通の街だ。いや、店の看板とかはあんまり普通じゃないが。

「来るのは初めてですか？」

「あぁ。特に用事もなかったし」

社長とかは接待なんかで何度か行っていたが、俺が呼ばれるなんてことはなかった。というか、お客さんと会うことはほとんどなかった。顔が怖くてお客さんを怖がらせちゃうからな。

時々ひどいクレーマーが来た時は筋トレ好きの中村さんと一緒に応接室に呼ばれて一言も発さず無言のプレッシャーをかけ続けるなんてことはあったが、そんなのは年に一回あるかないかだ。

一人でこういうところに遊びに来るほどの時間の余裕もなかったし。

「(そっか。よかった)」

「ん？　何か言ったか？」

「いえ」

「そうか」

何か言ってた気がするが、本人が何でもないというのだ、深く聞かない方がいいのだろう。

「じゃあ、さっさとダンジョンを攻略しよう。ここのダンジョンでいいか？」

「どこでも大丈夫です」

俺は一番近くにあるEランクダンジョンを選択する。Fランクダンジョンは今も生まれては消えを繰り返しているが、Eランクダンジョンは滅多に攻略されない。選択中のダンジョンが攻略されかかっているかもしれないが、どのダンジョンを誰が攻略中かなんて調べることができない。だから、どのダンジョンでも一緒なのだ。

ちなみに、色欲のダンジョンらしい。タップするだけだとダンジョンに突入するかどうかの確認メッセージしか出てこないが、アイコンを長押しするとある程度のダンジョンの情報を見ることが出来る。ダンジョンには色欲とか嫉妬とか怨嗟とか色々ついているが、出てくるモンスターや内部の構造は特に変わらない。おそらくどの感情によってつくられたかによって名前がつくんだと思う。だから、俺はダンジョン名とかは気にせず潜っている。

「いくぞ」

「はい」

俺たちはダンジョンへと突入した。

＊＊＊

---

色欲の醜兎（E）を倒しました。

経験値を獲得しました。

ジョブ『忍者』がレベルアップしました。

ジョブ『見習い魔法使い』がレベルアップしました。

ジョブ『見習い魔法使い』のランクが上がりました。

ジョブ『見習い魔法使い』が上限ランク『X』に到達しました。

ジョブ『魔法使い』を獲得しました。

ジョブ『見習いＮＩＮＪＡ』を獲得しました。


---

「は？」

「サグルさん？　どうかしましたか？」

「……いや、なんでもない」

「……そうですか。なんでもないならいいんですが」

Ｅランクダンジョンに潜り始めてしばらく経った後、モンスターを倒すと、セカンドジョブに設定していた『見習い魔法使い』のランクがＸに上がった。そして、『魔法使い』のジョブを手に入れた。ここまではいい。そのうち上がるだろうと思っていたし、ランクがＸになると見習いが取れるという話はヘルプにのっていたから知っていた。

だが、一緒に手に入った『見習いＮＩＮＪＡ』ってのはなんだ？　『忍者』とは違うのか？

（もしかして、ジャパニメーション的なＮＩＮＪＡのことか？　ドーモ、モンスター＝サン。あなたを倒しに来たものＤｅａｔｈ。とかやれってことか？）

もはや、海外では忍者といえば、魔法を使ったり、空を飛んだりするのが当たり前らしい。世界最強の一角に数えられている。そういったＮＩＮＪＡが忍者と分けられているのかもしれない。

（やっぱり、ファンタジー忍者っぽいな）

俺は試しにセカンドジョブに『見習いＮＩＮＪＡ』をセットしてみると、頭の中にスキルが流れ込んでくる。スキルの中には『火遁』とか『土遁』とか魔法っぽいものも含まれていた。

（となると、このジョブを得たのは見習い魔法使いをカンストさせたのが原因か？）

忍者は物理職だった。壁を走ったり、気配を消したりはできたが、斬撃は飛ばなかったし、火を噴いたり、式神を召喚したりはできなかった。レベルを上げればそういうスキルも出てくるのかもしれないが今のところ魔法っぽいスキルはない。だが、この『見習いＮＩＮＪＡ』は明らかに魔法っぽい技が含まれている。物理魔法両方の特性を持ったジョブなんだろう。

物理職の忍者を持っていて、魔法職の『見習い魔法使い』をカンストさせたから出てきたジョブなんじゃないかと思う。

（どっちにせよ、セカンドジョブは『見習いＮＩＮＪＡ』一択だな）

今までセカンドジョブは使ってこなかった。いわば育成枠だ。

戦闘は『忍者』のジョブだけで事足りてたからな。

それなら、強いと思われる『魔法使い』より、成長性の期待できる『見習いＮＩＮＪＡ』の方を選択する方がいいだろう。何より、火遁とか土遁とか、ロマンがあるしな。

俺はセカンドジョブに『見習いＮＩＮＪＡ』をセットした。

（火魔法とかはセカンドジョブを隠してるから使えないけど、火遁とかは忍者でも使えそうだから、使っていってもいいかもな）

京子にはセカンドジョブについて話していない。最初に話さなかったので、話すタイミングを見失ってしまった感じだ。

だから、いきなり魔法を使うと驚かせてしまうと思い、使っていなかった。だが、忍法の火遁とかなら使っても大丈夫な気がする。なんか、忍者なら使えそうだし。

「よし」

「終わりましたか？」

「あぁ、お待たせ」

京子は俺が色々するのを黙って待っててくれていた。京子は本当に嬉しそうに俺に近づいてくる。

「あ、サグルさん。手のところ、怪我してますね」

「え？　どこだ？」

「ここです」

京子のいう通り、左手の甲に擦りむいたような傷ができていた。さっきのモンスターの攻撃をいなした時についたのだろう。ここのモンスターは兎型なので、感知能力が高く、見つかったら結構高速で攻撃してくる。攻撃を受けた場合、後ろに京子もいるので、避けるわけにもいかず、いなしている。それほどのダメージもないので、受けてもいいのだが、いなして体勢を崩しておけば次の自分の攻撃が当てやすくなるから、大体はいなす。だが、たまに失敗して小さな傷ができることになる。

「これくらいのかすり傷ならすぐ治るだろ」

「ちょっとこちらに手を出してみてもらっていいですか？」

「？　いいぞ」

俺は傷のある左手を京子の方に差し出す。

「癒やせ。『回復（ヒール）』」

「おぉ！」

京子が呪文を唱えると、淡い緑色の光の粒が舞う。そして、その光の粒が俺の傷口に集まっていき、光が消え去ると傷は綺麗さっぱり消えていた。

「ジョブランクがVになったのか！　おめでとう！」

「はい！　これもサグルさんのおかげです！　でもあんまり驚いてくれないんですね」

「いや、驚いてる驚いてる」

本当に驚いている。確か、ランクVになるには一ヶ月以上かかるという話だったが、二日目になってしまうとは。ただ、俺の見習い魔法使いがカンストしてしまったので、そっちで先に驚いてしまったから、ちょっと気を抜いてただけだ。

「じゃあ、俺も披露しないとな」

「え？」

俺は自慢げに京子から少し離れた。

「俺もさっきちょうど忍者のレベルが上がったんだ」

「そうなんですか？　それで、どうして離れたんですか？」

「今さっき覚えたスキルを披露しようと思ってな」

俺は京子と十分な距離をとったことを確認する。そして、京子に背を向けてスキルを発動した。

「『火遁・龍咆（リュウホウ）』！」

「きゃ！」

俺はドラゴンのように口から炎の息を噴き出す。

スキルの反動で少し離れた京子のいる場所まで熱風が届く。『火遁・龍咆』は火龍のブレスのように炎を吐き出すスキルだ。威力も相当高く、反動で熱風を感じるほどだ。

ひとしきり炎を吐き終えると、次第に威力を減じていき、最後には止まってしまう。

「す、すごいスキルですね。さすが、サグルさんです。あれ？　サグルさん？　難しい顔してどうかしたんですか？」

「今のでMPが底をついたんだけど」

「え？」

見習いNINJAのスキルには問題がある。全てのスキルが全力全開になってしまうことだ。火遁では辺り一帯を火の海にし、水遁ではダンジョンが水浸しになり、土遁では地面が穴だらけになる。元がロマン技だからか、派手に全力を使い果たしてしまうのだ。

（忍者のジョブをファーストジョブにしておいたからなんとかなったけど、見習いNINJAだけだったら間違いなく昏倒してたな）

魔力は精神力に近いものだ。忍者というジョブは元となった仕事の特性上、精神力が強い。それはなんとなく体感でわかっていた。

魔法が使えないのに、なんで精神力が強いんだよと思っていたが、これのためだったという可能性もある。実際さっきはいきなり減っていく魔力を無理やり絞ってスキルを終わらせた。

「それは、なんともですね」

「なんとか調整できそうな気もするから、使えるレベルまで出力を絞るのが今後の課題かな」

「ははは」

京子の乾いた笑いがダンジョンに響いた。

「とりあえず、ちょっと早いけど、休憩にしていいか？」

「はい。問題ないですよ」

まだ一時間ほどしかダンジョンを探索しておらず、二階層までしか来られていないが、魔力が枯渇してしまって、他のスキルが出せない。この状態でも進むことはできるだろうが、魔力枯渇によって集中力が目に見えて下がっていて少し眠い。昼食後、午後イチで退屈な先生の授業が来た時みたいな感じだ。

このダンジョンはまだ攻略されないだろうし、無理して進む必要もない。

「よっこいしょ」

俺はダンジョンの隅に腰を下ろす。すると、俺のすぐ隣にハンカチを敷いて京子が座ってくる。肩と肩が触れ合いそうな距離だ。京子さん、ちょっと近すぎやしませんかね。

「……少し寝ますか?」

「え? いや、そこまでじゃない。それに、今近くにモンスターがいないとは言っても、ダンジョン内でそこまで気を抜くことはできないよ」

京子は少し残念そうに肩を落とす。今、残念がる要素がどこかあっただろうか?

「京子の方はどうなんだ?」

「え?」

「さっき覚えたての回復魔法を使っただろ?」

覚えたてのスキルというのは結構使うのが難しい。俺のロマンスキルほどではないが、無駄にMPを消費してしまったりする。

京子は今まで支援系魔法は使ってきたが、回復魔法はあれが初めてだったはずだ。予想以上の魔力の減りに疲れたりしたんじゃないかと少し心配になった。

「あ。実は、私が回復スキルを覚えたのはこのダンジョンに入ってすぐなんです」

「え？　そうなのか？」

「はい。それで、せっかくなので、サグルさんが怪我をしたタイミングで魔法を使って治して驚かせようと思ってとっておいたんです。結局私がサグルさんに驚かされることになりましたけど」

京子はそう言って頬を膨らませて、不満そうな顔を見せる。美少女は怒った顔も可愛いな。

怒った表情をしているが、目は怒っていない。おそらく、冗談でこんなことを言ってきたのだろう。

それだけ仲良くなれたと思うと少し嬉しい。昨日なんて恐縮しっぱなしだったからな。

やっぱり仲間は気の置けない関係の相手に限る。

「それはごめん。お詫びになんでもするよ」

「本当ですか！」

俺がなんでもするというと、京子は目を輝かせて迫ってくる。その、どこがとは言わないが当たっている。

「何してもらおうかな～」

「で、できる範囲のことで頼む」

京子は人差し指を唇にあてて俺に何をさせようか考え出す。その仕草がそこはかとなく色っぽく見える。

京子みたいな美少女がエリートぼっちの俺にえっちなお願いをしてくるとは考えにくいが、思わずドキッとしてしまう。

「くすくす。冗談ですよ」

「そうか、よかった」

俺は胸を撫で下ろしながらも、少し残念な気持ちになった。この後のダンジョン攻略で無駄に張り切ってしまったのはいうまでもない。

＊＊＊

---

色欲の大醜兎（Ｅ）を倒しました。

経験値を獲得しました。

色欲のダンジョン（Ｅ）が攻略されました。

報酬：５，１２１円獲得しました。


---

今日もＥランクダンジョンを順当に攻略できた。『見習いＮＩＮＪＡ』のおかげもあってか、かなり楽に倒すことができた。忍法系はまだ使いこなせていないが、『忍者』のスキルも見習いＮＩＮＪＡをセットしてから上昇したように思う。このダンジョンは兎系のモンスターが多く、今までなら攻撃を与える前に見つけられていたが、隠密を使って兎のすぐそばまで行っても気づかれない

ようになった。

やっぱり、セカンドジョブは相乗効果のあるジョブにするのがいいようだ。

「あ」

「ん？　どうかしたか？　京子」

「えっと。ドロップアイテムが出たみたいで」

「おぉ。そうなのか。おめでとう」

Eランクダンジョンからは戦闘に勝利するとたまにドロップアイテムが手に入る。下級ポーションとか、モンスターの毛皮や爪とかだ。毛皮や爪は『見習い鍛冶師』や『見習い防具職人』になれば加工して武器や防具を作れるようになる。昨日、家に帰ってからセカンドジョブを『見習い鍛冶師』にかえてみると、手に入れたアイテムから武器が作れるようになっていた。

試しに一つ小太刀を作ってみた。実は今使っているものがそれだ。何が便利って、ジョブで作った武器は『ダンジョンGo！』の中にしまうことができるのだ。これで、無駄に嵩張る小太刀を持ち歩かなくてよくなったというのは本当に嬉しい。武器はまだいいが防具の方はもっと深刻だ。忍者のジョブの力を最大限引き出すためには忍者装束を着る必要がある。だが、東京のど真ん中でそんな格好をしていたらどこからどう見てもヤバいやつだ。よく言ってもコスプレだ。かといって、ダンジョン内で着替えるわけにもいかない。危険だし、今は京子も一緒にいる。

ちなみに、京子は白い法衣っぽい装備にロッドを持っている。どちらも昨日京子自身が作ったものだ。心なしか俺の忍者装束と小太刀より出来がいい気がする。

ジョブランクを上げていけば、もっと綺麗な小太刀が、できるはずだ。俺は密かに、ジョブランクを上げることを決意した。

「ダンジョンボスのドロップアイテムは初めてだな。中級ポーションでも出たのか？」

「いえ。それが、装備が手に入りました」

「え？」

「これです」

京子は『ダンジョンGo！』を操作して、アイテムを取り出す。それはネックレスだった。ネックレストップには二つの重なったリングがついている。

「魔法の効力を上げてくれるものらしいです」

「へー。ラッキーだったな」

そうか、ドロップアイテムには装備とかも出てくるのか。よく考えると、モンスターの毛皮とかも装備を作れるのだから似たようなものか。だが、間違いなくあたりのドロップアイテムだろう。

「あの。これ」

「ん？　つけてほしいのか？」

京子はおずおずとネックレスを俺に差し出してくる。つけるのを手伝ってほしいのだろうか。

さらっと言ってみたが、女の子に装飾品をつけるなんて高度なことを求められても正直困る。頼む、違うと言ってくれ。

表情には出さないようにしていたが、俺の心臓はバクバクと高鳴っていた。

「いえ。サグルさんがもらってください」

「え？」

「私はついてきただけで何もしていないので」

京子は恐縮したような顔でネックレスを差し出してくる。

俺は京子とネックレスを交互に見る。正直、京子がいることはかなり助かっている。俺一人だと、休憩中とか暇すぎてしっかり休憩も取らずに攻略していた可能性が高い。もしくは休憩ごとにダンジョンの外に出ていただろう。ダンジョンの外で同じ時間休憩すれば十倍の時間がかかるので、ダンジョンの中で休憩する方が効率は上がる。

それに、京子の補助魔法も本当に助かっている。特に、さっき覚えた『加速(アクセル)』の魔法なんかは本当に助かる。加速とはいうが、俺の主観でいうと敵が遅くなっているようなものだ。攻撃するにしても防御するにしてもこれほど便利なこともない。前衛職なら誰でも喜ぶ補助魔法じゃないだろうか。

京子はダンジョン攻略に間違いなく役立ってくれている。だが、本人はあまり自覚がないようだ。

何度も伝えてるつもりなんだが。

「京子が手に入れたものは京子の物にしていいよ」

「でも」

「じゃあ、京子が手に入れたものは俺からのプレゼントだと思ってくれ」

「え？」

「京子が一緒にいてくれることに対するお礼のプレゼント。それならいいだろ？　男が女の子にプレゼントをあげるのは普通のことなんだからさ」

「……プレゼント」

「プレゼントを突き返されると悲しいから、もらってくれると嬉しいな」

俺は女性にプレゼントなんてあげたことない。俺がプレゼントをあげたことがある女性なんて母親だけだ。だから正しいかわからないが、そういうことにしておこう。

京子はネックレスをじーっとみた後、優しく微笑んだ。

「プレゼントなら、喜んで受け取ります」

「そうか、よかった」

俺はほっと胸を撫で下ろす。だが、俺の受難は終わっていなかったようだ。

京子はスッとネックレスを俺の方に差し出してくる。

「あのつけてもらってもいいですか？」

「……あぁ」

どうやら、俺は選択肢を間違えてしまったらしい。確かに、ネックレス系のプレゼントをしたら、そのまま付けてあげるのが当然の流れだ。

俺がネックレスを受け取ると、京子は背中を向け、髪の毛を手で避ける。白いうなじが顕（あらわ）になった。

俺は無心で京子にネックレスをつけた。

「どう、ですか？　似合ってますか？」

「あぁ。似合ってるよ」

「!!」

俺はちらりとネックレスをつけた京子を見た後、京子の目をまっすぐ見てそんなふうに言った。ネックレスってガン見しちゃいけないところにネックレストップが来るよね。これで似合ってるかどうか聞いてくるのは一種の拷問だと思う。

「そうですか。よかった」

京子は嬉しそうにはにかむ。その笑顔は破壊力抜群だった。

俺の顔は真っ赤になっていたと思う。

「えっと、そろそろ出ようか」

「はい！」

ダンジョンから脱出すると、ちょうどお昼時になっていた。心地よい日差しの中、時折吹く少し冷たい風が熱（ほて）った顔を冷ましてくれる。すごく過ごしやすい気候だった。こういう日は外でお昼ご飯とか食べたいよな。

「お腹も空いたし、少し早いけどお昼ご飯を食べに行かないか？」

「はい」

「午前中もしっかり稼げたし、テラス席のある美味しそうなお店に行こうぜ」

「あの、それなんですが」

「ん？」

京子は少し恥ずかしそうに鞄を持ち上げる。

「お弁当作ってきたんですけど、これを一緒に食べませんか」

「……はい」

口元を鞄で隠して上目遣いに見上げてくる京子の破壊力は抜群だった。俺じゃなきゃ惚れちゃうところだぜ。

俺？　俺はほら。高卒ボッチの俺を女の子が好きになってくれるわけないからさ。勘違いしそうになるのは慣れてるんだ。

俺は心の中で涙した。

＊＊＊

「へー。新宿にもこんな大きい公園があるんだな」

「ここにくるのは初めてですか？」

「あぁ。まず新宿なんてオシャレな場所に来ることないから」

俺は、京子と一緒に新宿の公園に来ていた。観光地にもなっている場所らしい。東京って、オフィスビルと買い物できる場所しかないと思ってたけど、こういう場所もあるんだな。そういえば、代々木とか上野にもおっきい公園があるんだっけ。

あれ？　東京って結構公園多い？

「じゃあ、食べましょうか」

「あぁ」

京子が持ってきてくれたシートを敷いて座ると、京子は鞄の中から二人分のお弁当を取り出す。女の子のカバンって異次元ポケットにでもなってるんじゃないだろうか？　明らかにそのサイズのカバンに入らないのが出てきてるように見える。

「うわ。うまそう！」

「ありがとうございます。有り合わせのもので作ったので、簡単なものしか作れませんでしたが」

「いやいや、十分だよ」

お弁当は二段になっていて、一段目がご飯だった。二段目には卵焼きとプチトマト、タコさんウインナーにサニーレタスが入っている。どれも美味しそうだ。

「いただきます」

「召し上がれ」

俺は卵焼きを食べてみる。卵はふわふわで、口に入れた瞬間とろけるようにほぐれる。砂糖が入っているのだろう。甘く味付けされていた。冷めていても十分美味しい。

「どうですか？」

「めっちゃ美味しい！」

「そうですかよかった」

京子は本当に嬉しそうにそう言う。俺はガツガツと弁当を食べ進めていく。

あっという間にお弁当は空っぽになってしまった。

「はぁ。美味しかった。ごちそうさまです」

「お粗末さまです。お口にあったみたいでよかったです」

「こんなお弁当なら毎日でも食べたいくらいだ」

「じゃあ、明日も作ってきますね」

「本当か！　助かる」

京子とは当面一緒に潜る予定だ。明日もこのお弁当が食べられるなら、午前中の探索を頑張れる。

「今日はちゃんと帰る前にお買い物をするつもりなので、もっと美味しいものを準備できると思います」

「本当か？　楽しみだな」

「何かリクエストとかありますか？」

「うーん。なんでもいい、って言われるのは困るんだっけ？」

「まあ、そうですね」

でも、本当になんでもいい。

というか、選択肢がないのでなんとも答えづらい。京子の料理はまだほとんど食べたことがないのだから。

「うーん。サグルさんの好きな料理はなんですか？」

「……カレーとハンバーグ。後、オムライス」

「……くす」

笑われると思った。子供舌で申し訳ない。だが好きなのだ。

でも世の中の男子の大半が大人になっても好きだと思うんだ。ハンバーグとカレーとオムライス。

そりゃ大人になってから塩辛とか、サバ味噌とかよく食べるようになったものはあるが、好きかと言われると、そうでもなかったりするんだよな。

「だから、レトルトのカレーがあんなにいっぱいあったんですね」

「まあ、それもあるけど、楽だしな。ご飯さえあればあとは簡単に作れるから」

「カレーとオムライスはあまりお弁当向きじゃないので、明日はハンバーグをおかずに作ってきますね」

「……お願いします」

赤くなった顔を見られたくなかったので、俺は深々と頭を下げてお願いした。

【お前ら】探索者情報共有掲示板２９１【やったな?】
１：名前：名無しの探索者
ここは『ダンジョンＧｏ！』ユーザーの情報共有掲示板です。
謎パワーによって一般ぴーぽーは見つけられないので、安心して書き込みましょう。

称号の取得方法や効率的なモンスターの倒し方など有益な情報の共有をしましょう。

ここで嘘や煽りなどはお控えください。

こう言っても、嘘や煽りをする探索者はたくさん出るので、話半分で聞くように心がけてください。

2：名前：名無しの探索者
はい。みなさん。今日、歌舞伎町でEランクダンジョンが午前中に一つ、午後に入ってからもう一つ、合計二つ攻略されました。

これは間違いなくEランクダンジョンにDランクダンジョン以降を潜る探索者が来ていたということです。

歓楽街の歌舞伎町。

見習い職ではダンジョンの影響を受けやすいEランクダンジョン。

この組み合わせで気づいた人もいるでしょう。

誰か、例の吊り橋効果を試しましたね？

先生怒らないからやった人は名乗り出なさい。

3：名前：名無しの探索者

>>2
（゜ロ゜）ｶﾞﾀｯ

4：名前：名無しの探索者
>>2
マジか！
結果を教えろください_|￣|○

5：名前：名無しの探索者
>>2
本当ですか！
やったの誰ですか？
効果あったんですか⁉
まず、どうやって誘ったんですかぁ‼‼

6：名前：名無しの探索者
>>2
すみません。ちょっと何言ってるかわからないんですが、誰か説明していただけないでしょう

か？

7：名前：名無しの探索者
＞＞1－2
スレ立て乙。
そして、スレたてて最初のネタがそれかよｗｗｗ
まあ俺も気になるけど。

＞＞6
それはネタか？　そうじゃないなら前スレを見てくれ。
【もっと！　あつまれ】探索者情報共有掲示板283【探索者】
http://xxxxxxxxxx
110スレあたりだ。
簡潔にいうと、色欲系のダンジョンで告白すると成功しやすいってことだ。

8：名前：名無しの探索者
＞＞7
ありがとうございます。

すごく気になるんで読んできますね。

9：名前：名無しの探索者

>>2

まあ待て、勘違いってことはないのか？

偶然同じ日にEランクダンジョンが攻略されただけとか。

10：名前：名無しの探索者

>>9

歌舞伎町のEランクダンジョンはあまり人気がないから潜っているパーティーが少ないんだよ。

だから、偶然とはいえ、一日に二つもダンジョンが攻略されたとは考えにくい。

11：名前：名無しの探索者

>>10

え？

どうして歌舞伎町のダンジョンは人気がないんだ？

12：名前：名無しの探索者

>>11
知らないのか？

ダンジョンは密集していると、ダンジョン同士がリソースを食い合うせいか、中にいるモンスターが少なかったりするんだよ。

13：名前：名無しの探索者
>>12
へぇ。そうなのか。

あれ？

でも、Fランクダンジョンはダンジョン密集地帯の方が人気あるよな？

14：名前：名無しの探索者
>>13
Fランクダンジョンもダンジョンの質自体は地方の方がいいんだが、それ以上に取り合いが激しいから人口密集地帯のダンジョンも人気なんだよ。

探索者の数が減れば多分人口密集地帯のダンジョンは潜る奴が減ると思うぞ。

15：名前：名無しの探索者

＞＞14
へーそうなのか。

あれ？

じゃあ、人口密集地帯のダンジョンは誰が処理するんだ？

Ｆランクダンジョンがたくさん生まれるってことはＥランクダンジョンもたくさんできるよな？

確か、Ｆランクダンジョンを一定時間放置するとＥランクダンジョンになるって話を聞いたことがあるけど。

16：名前：名無しの探索者
＞＞15
Ｆランクダンジョンを現実時間で六時間放置するとＥランクダンジョンになると言われてる。そして、Ｅランクダンジョンを一ヶ月放置するとＤランクダンジョンになる。
だから、夜遅い時間とかにできたＦランクダンジョンは潜る奴が少なくてＥランクダンジョンになってしまう感じだな。
人口密集地のＥランクダンジョンはその地域のＤランクダンジョンに潜ってる探索者が定期的に協力して掃除しているらしい。
Ｅランクダンジョンが成長してＤランクダンジョンになると、自分たちが潜っているダンジョンのリソースを食って効率が落ちるからな。

新宿のEランクダンジョンの掃除は確か来週だったはずだ。
ちなみに、ダンジョンのランクアップに巻き込まれると、相当量のモンスターに一度に襲われることになるから、ランクアップ直前のダンジョンには潜らない方がいい。

17：名前：名無しの探索者
＞＞16
へー。そうなのか。
つまり、掃除が始まる前に勝手にダンジョンに潜って攻略しちゃった奴がいる。
そしてそいつが潜った理由はおそらく、例の吊り橋効果狙いだろうってことか。
二つのダンジョンが攻略されたのはダンジョンガチャで色欲系のダンジョンがでるまで攻略してたってことか？

18：名前：名無しの探索者
＞＞17
そういうことだ。

19：名前：名無しの探索者
＞＞7

読んできました！
こんなことできるんですね！
結果がどうだったのかすごく気になります。

20：名前：名無しの探索者
>>19
そうだよ！
早く名乗り出ろよ！
それとアドバイスをください。

21：名前：名無しの探索者
>>20
落ち着け。
うまくいったなら今頃彼女と一緒だろうから、こんなところ見てねぇだろ。

22：名前：名無しの探索者
>>21
くっそぉぉぉぉぉぉぉぉ！！！！！！！

羨ましいぞぉぉぉぉぉぉぉぉぉぉぉぉ！！！！！！！！！！！！

◇◇◇

色欲の大醜兎（E）を倒しました。

経験値を獲得しました。

色欲の迷宮（E）が攻略されました。

報酬：6，783円獲得しました。


---

「よし、終わりっと」

「お疲れ様です」

戦闘を終えると、京子が駆け寄ってきてタオルを渡してくれる。正直汗すら出ていないので、別にいらないのだが、ありがとうとお礼を言って受けとって汗を拭くふりだけをする。

……このタオル、なんかいい香りがするな。

昼食の後、しばらくゆっくりして歌舞伎町に戻り、ダンジョン探索を再開した。三時ごろに一つ攻略し、休憩して、今三つ目のダンジョンの攻略が終わったところだ。なんか今日は色欲の醜兎ばっかりだったが、もしかしたら、場所によって出やすいモンスターとかが違ったりするのかもしれない。

「もう夕方だし、今日はこんなもんでいいかな」

「はい」

一度目のダンジョン攻略で装備アイテムを手に入れてからは京子の支援魔法の効きが一気に上がり、敵モンスターを倒すのが余裕になった。やっぱりダンジョン産のアイテムは効力が高いのかな？　いや、昨日のレプリカの小太刀より、ダンジョンのドロップアイテムで作った小太刀の方が強かったから、ちゃんとアイテムとして作ったものの方が強いのかもしれないな。でも、装飾品を作るジョブは見当たらないんだよな。見習い防具職人でも革鎧とか、革の盾とかは作れるが、指輪やイヤリング、ネックレスみたいなものは作れるか分からない。

(装飾品、便利そうだから欲しいんだけどな)

ヘルプによると、武器は一つ。防具は部位ごとに一つ。装飾品は五個まで装備できるらしい。二刀流などの特殊スキルを持っていない限り、二個目の武器などは効力を失うそうだ。そうなると、五個まで装備できる装飾品はかなり有用だ。できれば用意したいのだが、四つダンジョンをクリアしてみたが、手に入ったのは京子が身につけている一つだけ。揃えるのは難しそうだ。見習い防具職人と見習い鍛冶師を育ててみて、装飾品技師みたいなジョブが出ないか試してみた方がいいかもしれないな。見習いＮＩＮＪＡといい、ジョブランクをＸにして出てくる派生ジョブは普通のジョブより強力みたいだからな。

「あ」

「どうかしたか？」

「今の戦闘で、見習い僧侶のジョブランクがXに上がったみたいです」

「それはおめでとう！」

俺の見習いＮＩＮＪＡはまだランクⅡに上がったばかり、忍者に至ってはレベル五までしかきてないから、やっぱりジョブによってレベルの上がり方が違うらしいな。

「それで、新しく『僧侶』と『見習い聖女』の二つのジョブが出てきたんです」

「なるほど？」

俺はヘルプを開いて、見習い聖女というのを検索してみる。案の定、見つかった。どうやら、ヘルプには自分じゃなくて、パーティーメンバーが手に入れたジョブの情報も出てくるらしい。京子も俺のスマホを覗き込んでくる。

ヘルプを読んでみると、見習い聖女はより回復と支援に特化したジョブらしい。成長したら部位欠損すら治療する『最高位回復（エクスヒール）』やどんな毒でも治してしまう『最高位快癒（エクスリカバリー）』なんかも使えるようになるそうだ。ただ、フィジカル面の成長は僧侶よりさらに悪くなる。最近はやっとダンジョン内で息切れしなくなってきたのに、元に戻ってしまうということか。いや、レベルもかなり下がるし、俺と出会った時よりももっと悪い状況かもしれない。

「僧侶にした方がいいですよね？」

京子が困ったような顔で聞いてくる。これは、見習い聖女の方にしたいってことかな？

女の子の質問は大体女の子の中で答えが決まっていて、答える側はそれを当てるのが仕事だと聞いたことがある。僧侶にしたいなら、何も言わずに僧侶にしてしまえばいいのだから、わざわざ聞いてきたということは、見習い聖女にしたいんじゃないかと思う。

だが、それで俺に迷惑がかかるかもしれないから迷っているということか。

ここで見習い聖女にすればいいというのは簡単だ。だが、ダンジョンに潜るにあたって、自身が強くなるというのは結構重要だ。今は俺がかなり余裕があるので、モンスターが京子に気づく前に処理しているが、これから、Dランクダンジョンやその先に進んでいけば、一度に複数のモンスターが出てくるようになるかもしれない。そうなれば、少しでも強くて、自分の身を守れる方が安全だ。

まあ、Eランクダンジョンで十分に稼げてるから、Dランクダンジョンにわざわざ行く必要もないんだが。

(でも、よく考えれば、何があっても俺が守ればいいだけか)

そう、何があっても俺が守ればいいのだ。むしろ、これは俺にちゃんと守れるかと問われていたのかもしれない。

「見習い聖女でいいんじゃないか？　京子のことは俺がなんとしてでも守るからさ」

「!!　はい！　じゃあ、見習い聖女にします」

京子は満面の笑みで見習い聖女を選択した。すると、京子の周りにキラキラと光る鱗粉のようなものが舞い散る。

ん？　この演出は初めて見たぞ？

「えーっと。どうだ？」

「ちょっと今までより体が重いような気もしますが、大丈夫そうです」

「そうか、よかった」

光る鱗粉のようなものはすぐにおさまった。側から見ていて、光る鱗粉が舞う前と後で変わったことはなさそうだ。京子自身も色々と確かめてみているようだが、なんともないようだ。

一体今のはなんだったんだろうか？

「あれ？」

「どうかしたのか？」

「いえ、見習い僧侶や僧侶がジョブ選択の欄から消えてて」

「え！」

俺は京子の『ダンジョンＧｏ！』のアプリを覗き込む。ジョブの選択欄には僧侶はもちろん、見習い僧侶も見つからない。それどころか、見習い戦士や見習い魔法使いも無くなっている。せめてもの救いは見習い鍛冶師や見習い防具職人みたいな便利系のジョブが残っていることか。というか、見習い料理人なんてジョブもあるんだな。俺のところにはないから、料理ができる人限定のジョブなんだろう。

無くなったのは攻撃が出来そうなジョブばかりだな。見習い商人は残ってるし。

「一回見習い聖女以外のジョブにしてみたらどうだ？」

「そうですね。やってみます」

一度、見習い料理人に変更してみたが、無くなったジョブは復活しない。

「……もしかして、見習い聖女を選んだせいか？」

「え？」

「見習い聖女は特別なジョブだったんじゃないか？」

ゲームの知識だが、一定の職業に就いたり、ある選択肢を選んだりすると、他の職業にできなくなったり、一定の行動しか取れなくなったりする。魔王のジョブにつけば、勇者のジョブを選択できなくなったり、誰かの攻略ルートに乗れば、それ以外の女の子に会いに行けなくなったりだ。

無くなったのは見習い僧侶をのぞいて攻撃が出来そうなジョブばかりだ。聖女は敵すらも傷つけてはいけないということなのかもしれない。

京子は少し不安そうにアプリを覗き込んでいる。まさか全ての攻撃手段が封じられることになるとは思わなかったのだろう。

俺だって思わなかった。

「まあ、大丈夫だろ」

「え？」

「さっき約束しただろ？　京子のことは俺が守るし、京子の敵は全部俺が倒すから」

「!!　はい！」

京子は不安を振り払うように元気に返事をする。俺は京子が元気になったことにほっと胸を撫で下ろす。

それに、俺が京子を守るという気持ちに偽りはない。俺も見習い聖女を取ることを勧めたんだ。

責任は取るべきだ。

京子が俺から離れていくまでは俺が京子をなんとしてでも守る。

「じゃあ、腹も減ったし、今度こそダンジョンから脱出するか」

「はい！　今日の晩御飯は期待しておいてくださいね！」

俺たちはダンジョンを後にした。

＊＊＊

「じゃあ、帰るか」

「はい」

ダンジョンを脱出するとすでに外は暗くなっていた。時間は夜の六時過ぎだから、この暗さも当然か。

日が落ち、歌舞伎町は俺のイメージしていた歌舞伎町に近づいていた。こんなところに女子高生がいるのは危ないし、さっさと帰った方がいいだろう。

「あ、帰りにホームセンターに寄って帰っていいですか？　色々と買いたいものがあるので」

「あぁ。いいぞ。というかごめん。何もなくて」

多分、買い物に行きたいのは俺の部屋に調理器具がないからだろう。全然使わないから、小さな鍋とフライパンが一つしかない。部屋の主としては申し訳がない。

というか、朝はその状況でよくあの美味しい朝食を作ってくれたと思う。しかも弁当までちゃんと用意しながらだ。
京子はやっぱりすごい。見習い料理人のジョブを持ってるのは伊達じゃないな。

「いえいえ。必要最低限のものはありましたから。それに、私、調理道具とか選ぶの好きなので、むしろ何もなくてよかったくらいです」

「そうか？　そう言ってくれるなら嬉しいが。財布と荷物持ちは任せてくれ」

「え？　私が出しますよ？」

「俺の部屋に置くものだろ？　じゃあ家主の俺が出すのが当然だろ」

今日一日で十万円以上は稼いでいる。だから、調理道具くらいなら痛くも痒くもない。

それに、俺もつい最近まで社会人だったんだ。忙しすぎて使う機会が全然なかったから、お金なら有り余ってる。

「それより、美味しい料理を期待してるから」

「はい。わかりました。任せてください」

俺たちは二人で新宿駅の方へと向かう。今日一日で、京子ともだいぶ仲良くなれたと思う。冗談を言ってもちゃんと理解してくれるし、何をしてほしいかも大体わかるようになってきた。

実際、今も期待通りの返事を返してくれた。これなら、共同生活が当分続いても大丈夫だろう。

朝と同じく、手の触れられそうな距離に京子がいたが、もう気にならなくなっていた。

【荒らしは】探索者情報共有掲示板２９９【御法度】

１：名前：名無しの探索者
ここは『ダンジョンＧｏ！』ユーザーの情報共有掲示板です。
謎パワーによって一般ぴーぽーは見つけられないので、安心して書き込みましょう。
称号の取得方法や効率的なモンスターの倒し方など有益な情報の共有をしましょう。

ここで嘘や煽りなどはお控えください。
こう言っても、嘘や煽りをする探索者はたくさん出るので、話半分で聞くように心がけてください。

７３７：名前：名無しの探索者
今日も新宿のＥランクダンジョンが攻略されるのかな？
これまで何個ダンジョンが攻略されてたっけ？

７３８：名前：名無しの探索者

>>737
四日連続三個ずつ攻略されてるから、十二個だ。

このペースだと、来週には歌舞伎町のEランクダンジョンが無くなりそうだな。

歌舞伎町周辺のDランク探索者はダンジョンが減ってくれたから今週予定していたEランクダンジョンの駆逐を中止するらしい。

そろそろDランクに上がりそうなダンジョンが一つあるらしく、それだけは攻略するかって話になったそうだが、Dランクダンジョンだって定期的に攻略されるから、自然と上がるのは放っておこうってことになったらしいぞ。

むしろ、Dランクダンジョンが減らないようにお互い、Dランクダンジョンを攻略しないように協定を結んだそうだ。

もし、今歌舞伎町でダンジョンを攻略しまくってる探索者がこのスレを見ていたら、そろそろ攻略を止めるか、別のエリアに移ってほしい。

739：名前：名無しの探索者
>>738
マジか。

なんでこんなにダンジョンが攻略されるんだ？

Dランク探索者が女を色欲のダンジョンに連れ込んでるんじゃないのか？

740：名前：名無しの探索者
>>739
わからん。男の方がヘタレで、まだ告白できてないだけかもしれないし、女を色欲のダンジョンに連れ込んでるってのは勘違いで、称号目当てでEランクダンジョンに潜ってるだけかもしれん。

741：名前：名無しの探索者
>>740
なるほど。称号獲得の可能性もあるのか。

もしかしたら、渋谷でFランクダンジョンが連続で攻略されたこととも関係あったり？

742：名前：名無しの探索者
>>741
いや、それならEランクダンジョンも渋谷で探すだろ。

わざわざ渋谷から新宿に移動した理由がわからん。

別の探索者がFランクダンジョンで称号を獲得した探索者から情報を得て、Eランクダンジョンで同じ称号を取得しようとしてるとかはありえるかもしれんが。

743：名前：名無しの探索者
＞＞742
それもそうか。

744：名前：名無しの探索者
ちょ、誰か聞いてくれ！

ありのまま今起こったことを話すぜ。ダンジョンに潜ってたんだが、いきなり地震みたいなのがダンジョン内で起きて、怖くなって脱出したんだ。脱出した後アプリで確認してみたらそのダンジョンがFランクからEランクに変わってたんだ。

何を言っているかわからないが俺にもわからない。

ダンジョンの恐ろしさの片鱗をあじわっちまったぜ。

745：名前：名無しの探索者
＞＞744
ただのランクアップ現象じゃねぇかｗｗｗ
お前以外にも遭遇したやつはいっぱいいるよｗｗｗ

746：名前：名無しの探索者

>>745
え、そうなの？

747：名前：名無しの探索者
>>746
ダンジョンがランクアップする際にダンジョンの内部にいた場合に起こる現象だ。

まず、地震みたいな揺れがくる。

そこから少しすると、ダンジョン内のモンスターが一斉に襲ってくる。

地震を感知した直後に脱出したのは正解だな。

本来最奥部から動かないダンジョンボスまで襲ってくるから、ほぼ生き残ることはできない。

ランクアップ現象が探索者の死因トップ3に入っているとの噂だ。

戦闘中にそうなってしまうとダンジョンから脱出もできないからな。

ボスを倒せば攻略になるが、ダンジョン内全てのモンスターが襲ってくる中でボスを探して倒すなんてほぼ不可能だし。

748：名前：名無しの探索者
>>746
Fランクダンジョンはすぐにランクアップしちまうから、できるだけ新しいダンジョンに潜らな

いと危ないぞ。
特に朝はな。
朝は夜中にできたダンジョンが明け方まで放置されてる場合があるから、十分注意してダンジョンを選ばないとランクアップ現象に巻き込まれる。

７４９：名前：名無しの探索者
＞＞７４７
教えてくれてありがとう。
地震が起きたら速攻で脱出する。

＞＞７４８
マジでか。
今まで朝イチに古いダンジョンに潜ればダンジョン攻略の競争に巻き込まれなくてラッキーと思ってたけど、そういう理由で避けられてたのか。

７５０：名前：名無しの探索者
＞＞７４９
地震が起きたら脱出するのは当然だが、まず、ランクアップが近いダンジョンには潜らない方がいい。
地震が起きたとき戦闘中だったりすると気づかない場合もあるし、それに、戦闘中だと戦闘が終わるまで脱出できないから、脱出できないまま魔物の波に飲まれることだってある。
金目当てでチキンレースに挑戦してた探索者の知り合いは何人かいたが、今も生き残ってるやつはいないな。

751：名前：名無しの探索者
＞＞750
まじか！
もう明け方に古いダンジョンに潜るのはやめることにするわ。

752：名前：名無しの探索者
すまん。
だいぶ前からあった『見習い聖女』っていうジョブがジョブ一覧から無くなったんだけど、理由わかる人いる？
別になるつもりはなかったんだけど、唐突に無くなったことが気になって。

753：名前：名無しの探索者

>>752
あぁ、多分、誰か見習い聖女についたから無くなったんだろう。
見習い勇者とか、見習い魔王とか、一部のジョブはユニークジョブっぽくて、誰か一人がつくと
他の奴がつけなくなるんだよ。

754：名前：名無しの探索者
>>753
ユニークジョブとかカッコいい！

せっかくならなっておけばよかった。

755：名前：名無しの探索者
>>754
いや、ならなくて正解だと思うぞ？

ユニークジョブといえば聞こえはいいが、かなりデメリットの多いジョブだからな。

見習い魔王は魔法使いから派生するジョブなんだが、これに一度つくと戦士や鍛冶師、武器職人
みたいなジョブがジョブ選択肢から消えるんだよ。

そのせいで、まともに探索ができなくなる。

まあ、他に仲間がいればなんとか探索は続けられるが。

実際、現役の魔王ジョブはヨーロッパでダンジョンに潜り続けてたはずだし。

だが、大変なのは変わりないだろう。

756：名前：名無しの探索者
>>755
あぶな！

流石に他のジョブにつけなくなるのは困るわ。

ちなみに見習い聖女は？

757：名前：名無しの探索者
>>756
見習い聖女はフィジカル面が一般人レベルまで落ちる。

あと、攻撃ができるジョブが全部無くなるんだったかな？

前の見習い聖女は確か、どこかのDランクダンジョンでモンスターの攻撃を受けて一撃死したとか聞いた気がする。

ついでに、男でも女になる。

758：名前：名無しの探索者

＞＞757
どう考えても地雷職ですね。
本当にありがとうございます。

# 第四章　今日の晩御飯はどっか美味しいところに食べに行こうぜ

「『高加速（ハイアクセル）』『高強化（ハイストレングス）』」

「サンキュ。京子。『隠密』」

「グギェ？」

「『暗殺』」

「グギェェェェ!!」

---

色欲の醜兎（Ｅ）を倒しました。
経験値を獲得しました。
報酬：２４８円獲得しました。
ドロップアイテム：醜兎（Ｅ）の毛皮を手に入れました。

---

倒した兎がいつものように煙となって消えていく。どうやら、ドロップアイテムが手に入ったらしい。幸先いいな。

「お疲れ様です」

「あぁ。ありがとう」

京子がいつものようにタオルを渡してきてくれる。俺はそれを受け取ってとりあえず、額を拭う。

京子と一緒に潜り出して、そろそろ一週間になる。俺たちのダンジョン攻略は順調だ。毎日三つずつのペースでダンジョンを攻略しており、すでに十個以上のダンジョンを攻略していた。十個脱出なしでダンジョンを攻略したということは、京子も称号『十全十美』を手に入れたということだ。

俺がダンジョンの地図を知っているということがバレてしまった。まあ、だからと言ってどうということもなく、「攻略が順調だったのはこれがあったからなんですね」というコメントをもらっただけだったが。特に責められることはなかったが、言葉に棘があるように感じたので、その日は帰りに美味しいデザートをご馳走して、ご機嫌を取った。

女の子って不思議だよな。あの体のどこにあんなに大量のデザートが消えるんだろう?

俺たちがいくつものダンジョンを攻略したせいで、歌舞伎町のEランクダンジョンはかなり数が減ってきた。残っているダンジョンはここともう数個だけだ。流石に全部攻略してしまうのはまずいだろうということで、今潜っているダンジョンを攻略してしまえば別の場所に移動する予定だ。渋谷を避けたとしても、新宿以外にも銀座や品川みたいにダンジョンが多いところはまだまだある。明日からは銀座の方に行ってみる予定だ。

「サグルさんはいつもすごいですね。Eランクモンスターを一撃なんて」

「いやいや、京子の補助魔法のおかげだよ」

京子は見習い聖女になり、間違いなく補助魔法や回復魔法の精度が上がっていた。それに、自分のかけた支援魔法の効力や残り時間が視覚的に見えるようになったらしい。さすがは支援極振りの職だ。攻撃と防御がガタ落ちしたデメリットと同等くらいのメリットはあった。

魔法の効果についても、ジョブを切り替えた直後はランクが下がったので、効果も下がっているように思ったが、それは一瞬のことだった。ランクⅡになる頃には『見習い僧侶Ⅹ』の頃を上回っていた。その上、ランクⅢになると『高加速（ハイアクセル）』や『高回復（ハイヒール）』のような高位魔法を覚えた。高位魔法だけあって、魔法の効果はかなり高い。

見習い聖女は見習いＮＩＮＪＡのように簡単にはレベルが上がらないみたいで、もう十個くらいダンジョンを踏破したが、ランクはまだⅢ止まりだ。それでも、僧侶より見習い聖女を選んで正解だったと今は思ってくれているみたいだ。

「疲れてませんか？」

「俺は大丈夫だ。京子は？」

「私も問題ないです」

「じゃあ、奥にす――」

――ズズン

そのとき、地面から突き上げるような震動を感じた。俺は武器を構えて辺りを警戒する。

「なんだ？」

「わかりません」

京子もこんなことは初めてらしい。ダンジョン内は時間の流れも違うし、外と別空間になっているようだから、外で地震が起きたからダンジョン内でも揺れたなんてことはないだろう。

地震はすぐに収まり、その後しばらく様子を見てみたが、特に何も起こらない。

「一旦脱出す――」

「「「「「「「「「「グギェギェギェギェギェギェギェギェ」」」」」」」」」」」

「な！」

俺たちが脱出をしようとすると、通路の向こう側から何十匹もの醜兎が押し寄せてきた。あの数を相手にするのは難しい。

「京子、逃げるぞ！」

「はい！」

俺は京子の手を取って逃げ出す。

「くそ。脱出できない！」

走りながら確認してみるが、『ダンジョンGo！』の脱出ボタンはグレーアウトしていた。どうやら、すでに戦闘中扱いになっているらしい。

「「「「「「「「「「グギェギェギェギェギェギェギェギェ」」」」」」」」」」」

「追ってきてます！」

ただ追ってきているだけじゃない。間違いなく近づいてきてる。しかも、心なしか、さっきより数が増えてる気がする。

「グギェギェギェギェギェギェギェギェ」

「ま、前からも」

「邪魔だ！　『風遁・空纏』」

「グギェ」

俺は前からきた醜兎を風を纏わせた足で蹴り殺す。さっき京子に『高強化』をかけておいてもらってよかった。今の状態なら武器を使わなくても醜兎を倒すことができる。

「京子、ごめん」

「え？　きゃっ」

俺は京子をお姫様抱っこの体勢で抱える。武器なしで数匹のモンスターを倒せるなら、京子を抱えて逃げる方が生存確率が高い。俺は自分の『ダンジョンGo！』を取り出して逃げる方向を考える。ダンジョン中のモンスターが俺たちの方に向かってきているらしく、逃げ場はなさそうだ。

「これはまさか、ランクアップ現象？」

俺のアプリの映像を見て、京子は顔を青くする。

「京子！　知ってるのか？」

「は、はい。ダンジョンがランクアップするタイミングでダンジョンの中にいるとダンジョン中のモンスターが襲ってくるそうなんです。だからケンタはできたばかりのダンジョンしか潜らないようにしてました」

「ダンジョン中のモンスターが……」

走りながらアプリを確認すると、モンスターを表す赤い点はどんどん増えていく。階段からも溢れるように出てきているので、本来できないはずの階層間移動もできるようになってるんだろう。逃げ場はなさそうだ。

「なんとかする。だから、京子は俺の支援魔法が切れないようにずっとかけ続けてくれ」

「……わかりました」

俺のお願いに京子は力強くうなずく。俺は微笑みを返すと、マップ上で見つけたある場所に向かって一直線に駆け出した。

＊＊＊

「サグルさん。こっちは」

「わかってる」

俺は正面から向かってくる魔物を蹴り殺しながら目的の場所に向かって走る。最後の分かれ道を曲がったところで京子が驚いたような顔をする。京子も自分のアプリで地図を確認していたから、この先に何があるのかわかったのだろう。心なしか、顔色がさっきよりも悪いような気がする。

そう、この先にあるのは行き止まり、袋小路だ。

このまま進んでいけば逃げ場がなくなってしまう。

だが、俺が最初から目指していた場所もそこだった。

俺は行き止まりまで来て、京子を下ろす。

「まさか、ここで戦うつもりですか⁉」

「そのつもりだ。ここなら一方向からしか攻撃されないからな」

三方が壁ということは敵が来る方向が一方向しかないということだ。行きやすい中で一番細い通路にきたので、脇を抜けられるということもほぼないだろう。

だが、これが一番いい方法だと思う。敵の数はおそらく一万くらいになる。

前休憩中にEランクダンジョン内のモンスターを数えてみてそれくらいの数だった。多分この感じだと、ダンジョン中のモンスターが俺たちの方に向かってきているので、今の戦闘は一対一万ということになるだろう。

多くの敵と戦うとき、一番重要なのは、一度に多くの敵を相手しないことだ。相当な実力差があっても一対百だと苦しいが、一対一を百回繰り返すならなんとかなる。あとは一万回繰り返すまで疲労で潰れないようにするだけだ。

ドドドドドという足音が次第に近づいてくる。

「サグルさん」

京子が不安そうに俺の方を見てくる。

「京子」

「はい」

「多分、全部倒したら五百万以上になるはずだし、今日の晩御飯はどっか美味しいところに食べに行こうぜ」

「え？」

漫画：鳥間ル　原作：紅月シン　キャラクター原案：ちょこ庵　構成：和久ゆみ

シリーズ累計
90万部
突破!!
(電子書籍含む)
死者を傷つけるのなら許さないよ?
元英雄の、望まぬヒロイック・サーガ!

6/15 発売!

●氷の侯爵様に甘やかされたいっ!
～シリアス展開しかない幼女に転生してしまった私の奮闘記～

アクリルキーホルダー(全3種)

6/15 発売!

●出来損ないと呼ばれた元英雄は、
実家から追放されたので
好き勝手に生きることにした @COMIC

付箋メモ

LINEスタンプ

好評発売中!

購入はこちら ▶▶▶

6/20 発売!

●この世界の顔面偏差値が
高すぎて目が痛い

アクリルスタンド

SHIBUYA TSUTAYA 6階IP書店

デビュー25周年
椎名優画集
Liber Stella
～本好きの下剋上 & Other Works～
発売記念巡回展

四国・東北地域 2024.6/13まで
TSUTAYA全国6地域11店舗を巡回

椎名優先生複製サイン入り複製原画を販売!
その他、会場限定(先行販売)グッズもあり!

## Audio Book 配信中!!

TOブックス Audio Book
朗読：斎藤楓子
第6巻

TOブックス Audio Book
朗読：斎藤楓子
第15巻

TOブックス Audio Book
朗読 平川大輔 成塚衣和美 熊谷貴弘
第4巻

TOブックス Audio Book
第1巻

※諸般の都合により、配信日時が変更になる場合がございます。

6
June 2024
ーニューアイテムラインナップー
New Item Lineup
TOブックス
SHIBUYA TSUTAYA POP UP SHOP
本好きの下剋上
～司書になるためには手段を選んでいられません～
第1弾特典は
ステッカーシール
（全4種）
6階IP書店にて
好評
開催中！
ハンネローレの
貴族院五年生1
&ドラマCD11
予約受付中
本好きの下剋上
司書になるためには手段を選んでいられません
-原画展-
OSAKA
5月31日(金)~6月9日(日)
なんばマルイにて開催！
入場料500円(税込)／エポスカードご提示で400円(税込)
※未就学児無料／未就学児のご入場の際には入場特典はつきません。
椎名優先生
サイン会
6/8開催！
原画展会場先行販売グッズ
クリアファイル（2枚セット）
アクリルスタンド（原画展OSAKAイラスト）
ボールペン
（原画展デザインハンネローレカラー／ハルトムートカラー）
ステーショナリーセット
レターセット（アレキサンドリアver.）
ステーショナリーセット第2弾　など

俺が言ったことが予想外だったのか、虚をつかれたような顔をする。そして、おかしそうに笑い出してしまう。

「笑うことないだろ」

「くすくす。そうですね。皇国ホテルの最上階のスカイラウンジはハンバーグが美味しいそうなので、そこに行きましょう」

「それは楽しみだ、な！」

俺は角から姿を見せた醜兎に向かって駆け出す。

「シッ」

「グギェーー」

俺はその醜兎を一刀のもとに切り裂く。

「「「グギェーー」」」

「ちっ、次から次へと」

今度は三匹いっぺんに飛びかかってきた。

「『眼術（ガンジュツ）・見切り』」

俺の右目が熱くなる。

周りから見れば炎が宿っているように見えているはずだ。

どう見ても邪気眼ですね。本当にありがとうございます。

だが、このスキルはかなり有用だ。視界に映る存在の動きを完全に把握できる。

「シッ」

「ギェ」「ギャ」「ギョ」

軌道を調整して、一刀でモンスターを屠（ほふ）る。

「グギェギェ」

攻撃した直後の俺を隙だらけと見たのか、一匹の醜兎が突進を仕掛けてくる。

「隙なんてねぇよ。『風遁・掌雷（ショウライ）』！」

「ギィ」

スキルを発動すると、左手が紫電を帯びる。俺はその左手をモンスター目掛けて叩きつけた。

「もういっちょ」

「「「ギャ」」」

返す刀で近くにいたモンスターを真っ二つにする。

（まだこんなにいるのか）

だが、ちらりと通路の先を見ると、白い絨毯（じゅうたん）を敷き詰めたように見渡す限り醜兎の群れが広がっていた。

俺の戦いは始まったばかりだ。

「すごい」

京子は目の前で繰り広げられる戦闘から目が離せなかった。まるで踊るように戦い続けるサグルはすごいスピードでモンスターを倒していく。すでに十回以上支援魔法をかけ直しているのだから、もう十分以上闘い続けている。だが、ただの一度もダメージを負っていない。

敵はまるでサグルの振るう小太刀に吸い込まれるかのように攻撃を受け、そして一撃を受けた醜兎はボフッと軽い音を立てて煙になっていく。

「私も負けてられない」

京子は自分の杖を強く握り、サグルの背中に視線を送る。支援魔法が切れる予兆を見逃さないようにするためだ。

「！　『高加速（ハイアクセル）』」

京子は今、サグルにかけられる限り全ての支援魔法をかけている。消費ＭＰはかなりのものだ。戦闘中もＭＰは回復しているが、ジリジリと減っていることはなんとなくわかる。だから、無駄に早くかけてしまうと、ＭＰが枯渇してしまう。かと言って支援が途切れてしまえば一撃で複数のモンスターを倒せなくなり、劣勢になってしまう。

だから、魔法が切れる瞬間に間違いなくかけ直さないといけない。当然、ゲームのようにアイコンやカウントダウンのようなものも出ない。

頼りになるのは見習い聖女になって見えるようになったサグルを包む魔力の膜だけ。それが薄くなってくれればかけ直す。それくらいしかできることはない。

「!!　『高強化（ハイストレングス）』」

しかも、正しい支援魔法をかけるためには微妙にしか違わない支援魔法ごとの魔力の色を見極める必要がある。

どの支援魔法が切れそうか瞬時に判断し、正しい魔法をかけ直さないといけない。ミスは許されない。

京子は額から垂れてくる汗を拭うことすらせずにサグルの背中を見つめ続けた。

「はっ！」

「「「「「「「「グギェ」」」」」」」」「ギョ」

一刀のもとに九匹、いや、十四のモンスターを切り裂く。切られたモンスターはボフッと軽い音を立てて煙になる。

戦い始めてからどれだけの時間が経っただろう？　十分？　三十分？　はたまた一時間か？　京子の補助魔法で体感時間が引き伸ばされているので、どれだけたったかはわからない。

倒したモンスターの数も、百から先は数えていない。

だいぶ効率的に倒せるようになってきて、一撃で倒せるモンスターの数もだんだん増えてきた。同時に十四前後は倒せるようになってきている。今、目算を間違えたのは加速の魔術が切れかけているからだろう。

「『高加速（ハイアクセル）』！」

だが魔法が切れかかると、京子がすかさずかけ直してくれる。俺は再び加速した世界で、左手に持った小太刀を振るう。

「「「「「「「グギェ」」」」」」」

今回は確実に十匹のモンスターを倒すことができた。

途中から、左手にも予備の小太刀を装備して戦っている。

かっこいいとか、二刀流のスキルに目覚めたとかではない。ただ単に手数が少しでも多く欲しかったからだ。両手で一本ずつ小太刀を握れば単純計算で攻撃スピードは二倍になる。こんなことができるのも、京子が支援魔法をかけてくれるおかげだ。

『高加速（ハイアクセル）』の魔法のおかげで敵がゆっくりに見えるので、考える時間的余裕が多いからな。

「『快癒（リカバリー）』！」

快癒の魔法が飛んできて、疲労がスッと抜けていく。どうやら、解毒などもできる快癒の魔法には疲労を取り除く効果もあるらしい。無くなって初めて自分が疲労していたことに気づく。

ほんとに絶妙な支援だ。俺は心の中で京子にお礼を言いながらモンスターを倒す。

京子のおかげで常にベストなコンディションでモンスターに対峙（たいじ）できる。京子がいなければ今頃やられていただろう。

「「「「「「「グギェギェギェギェ」」」」」」」

「『火遁・龍咆』」

「「「「「「「グギ……」」」」」」」

俺は飛び掛かってきたモンスターの群れを火遁の術で一掃する。

このモンスターの群れと戦って得たものは多い。

まず、体が思うように動くようになった。こうなって、今まで、どれだけ上がったスペックに振り回されていたのかがわかる。武器を両手に装備できるようになったのはこれのお陰でもある。これからは素振りとかもした方がいいかもしれない。

それに、体の扱いに慣れるといいことがもう一つあった。体が思うように動くようになると、自分の体の中に流れる魔力を感知できるようになってきた。そして、魔力が感知できるようになると、火遁や木遁といった術が思うように放てるようになった。

ＭＰはかかるが、定期的に忍術で大量のモンスターを一掃できるから、戦闘はかなり楽になったと言っていい。

もう負ける気がしなかった。

「どうした？　来ないのか？」

「グギェギェ」

地面を覆い尽くすほどにいたモンスターは気付けば数えられるくらいに減っていた。いや、ごめん。みえをはった。まだ百匹くらいいるから数えるのは無理だわ。

だが、確実に数は少なくなっていた。

残ったモンスターたちは攻め手が思いつかないのか、攻めあぐねている。逃げてくれればいいんだが、そういうわけにはいかないらしい。

「グギェエエエエエエエ!!」

「!!」

「な、なんですか?」

「どうやら親分がやってきたみたいだな」

通路の先から大きな白いモンスターがのっそりと姿を現す。このダンジョンのボスの色欲の大醜兎だ。

「「「「グギェギェギェギェ」」」」

ボスの声を聞いて、モンスターたちは一斉にボスの下へと向かっていく。さっきの咆哮は仲間に対してのものだったらしい。

そして、ゆっくりと姿を現したダンジョンボスと目が合う。狭い通路にいるせいか、心なしかいつもより大きいように見える。いや、実際、大きいのだと思う。

「第二ラウンドってことかな」

「みたいですね」

一度攻撃の波が止んだため、俺も京子の近くまで下がる。

「ここからはまた一段とキツくなりそうだけど、京子は大丈夫そうか?」

「はい! サグルさんこそ大丈夫ですか?」

「京子がいてくれればまだ何時間でも戦えるよ」

「!!」

俺たちは互いにまだまだ戦えることを確認し合う。多分、京子のＭＰは切れかかっている。そう長い時間は戦えないだろう。

俺だって気合いだけで戦っているようなものだ。ＨＰやＳＰ的なものから言うと、まだまだ戦えるのだろうが、そういうものではない何かが限界を訴えている。

でも、今はそんな事実より、軽口の方が重要だ。

「……グギェ」

ボスの声を聞いて、醜兎が一斉に俺の方に向かってくる。

第二ラウンドが始まった。

「「「「「「「「グギェギェギェギェギェ」」」」」」」」

「ちっ。うらぁぁぁぁぁぁあああああ!!」

俺は右手で持った小太刀で一匹のモンスターを切り捨て、左手に持った小太刀でその後ろから迫ってくるモンスターを切り捨てる。小太刀を順手から逆手に持ち替えて返す刀で三匹目、四匹目と切り捨てていく。

モンスターたちの動きはさっきまでと明らかに違っていた。さっきまでは一目散に俺に向かってきていたのに、今は一匹ずつ。だが確実に俺の方に向かって攻撃を仕掛けてきている。何が厄介って、絶妙に距離をあけて攻撃してくるので、一度に複数のモンスターを倒すことができないのだ。

一糸乱れぬ攻撃のため、タイミングもシビアだ。

「ああああああ!!」

ボボボボボと、モンスターが消える音が断続的に響く。

だが、俺は確実にモンスターを切り捨てていく。こんなの、音ゲーみたいなものだ。音楽はかかっていないが。

襲撃の最初からやられていたら対処は不可能だったが、今の俺なら対処は可能だ。面倒ではあるが。

モンスターの数もどんどん減っており、残り数十匹になっている。

「……」

ボスは動かず、ずっと俺の方を見ている。ボスにとって、今の攻撃は前哨戦のつもりなのだろう。

俺が音無しの音ゲーをやっているうちに、敵モンスターの数は十匹を切る。

「グギェーー！」

「！　しまっ!!」

残り三匹となったところで、一匹の醜兎が俺の脇をすり抜けていった。そのまま一直線に京子の方へと向かっていく。

やられた。

狙いはこれだったのか。

俺に支援魔法をかけている京子を先に倒せば、後から戦うボスはかなり戦闘が楽になる。そんなふうに考えたのだろう。

「……」

迫り来る二匹のモンスターと京子に向かっていく一匹のモンスター。そして、迫ってくるモンスターには目もくれず、俺へと支援魔法を飛ばしてくれる京子。どちらを選ぶかなんて最初から決まっている。

「させるかぁぁ！」

俺は自分に向かってくるモンスターに背を向け、京子へと向かうモンスターを切り捨てる。クリーンヒットはしなかったらしく、俺の攻撃を受けたモンスターは壁際まで吹っ飛んでいって、その場所でボフッと音を立てて煙となる。

「グギェェェェェ!!」

気がつくと、『俺』の目の前には大口を開けたボスが迫ってきていた。おそらく、この瞬間を狙っていたのだろう。ボスの顔には満面の笑みが浮かんでいるように見えた。

げっ歯類特有の長い前歯が『俺』へと迫ってくる。あの歯で噛みつかれるとかなり痛そうだ。ランクアップ現象の影響か、敵のモンスターはかなり強くなっているし、忍者のジョブは回避特化なためか、俺のＨＰはそれほど高くない。あれをくらえばかなりまずいかもしれない。

——ガチン！

ボスの前歯が『俺』へと食い込む。

——ぽん。

「!!」

そして、『俺』は軽い音を立てて、丸太へと変わる。

「『木遁・身代わりの術』」

「!!」

俺はゆらりとボスの後ろに姿を現す。俺の後ろではボボフっと音を立ててボスに押しのけられた哀れな二匹の醜兎が煙にかえる。

つまり、あとはボス一匹しか残っていないということだ。

「『忍法・』」

俺は怒っていた。こいつは俺ではなく京子を狙った。俺のためにずっと支援をしてくれていた京子をだ。

確かに、そちらの方が効率的だったのだろう。だがそんなのかんけぃねぇ！　俺の大切な存在に手を出した報いを受けさせてやる。

だから、今まで使っていなかった大技を使うことにした。オーバーキルになると思うが、そんなの気にすることはない。

俺は忍者のレベルが上がった時に手に入れた大技を発動する。

「『花時雨』！」

「!!」

スキルを発動した瞬間、周りの時間が止まったようになる。周りが止まったのではなく、俺が速くなったのだ。

俺はスキルの導くままに連撃を繰り出す。

——ボフ！

花時雨を受けたボスは煙と化して消えていく。

色欲の醜兎（D）×11，486を倒しました。
色欲の大醜兎（D）を倒しました。
経験値を獲得しました。
色欲の迷宮（D）が攻略されました。
報酬：5，843，379円獲得しました。
ジョブ『見習いNINJA』のランクが上がりました。
ジョブ『見習いNINJA』が上限ランク『X』に到達しました。
ジョブ『NINJA』を獲得しました。
ドロップアイテム：下級ポーション×153を獲得しました。
ドロップアイテム：中級ポーション×12を獲得しました。
ドロップアイテム：醜兎の牙（D）×587を獲得しました。
ドロップアイテム：醜兎の毛皮（D）×73を獲得しました。
ドロップアイテム：醜兎の骨（D）×23を獲得しました。
ドロップアイテム：大醜兎の牙（D）を獲得しました。
称号『災禍の生還者』を獲得しました。

称号『双刀の極意』を獲得しました。

称号『一騎当千』を獲得しました。

称号『一撃一殺』を獲得しました。

称号『最適解』を獲得しました。

称号『忍び、鍛える者』を獲得しました。

称号『不撓不屈(ふとうふくつ)』を獲得しました。

称号『守護者』を獲得しました。

称号『聖女親衛隊』を獲得しました。


---

こうして、ダンジョンのランクアップ現象による魔物の氾濫は鎮圧された。

「終わりましたね」

「終わったな」

「疲れた〜〜〜」

俺と京子は背中を合わせて座り込む。今日はこのダンジョンが一つ目だが、もう帰ろう。それだけ疲れた。

もう一回同じことをやれと言われても断固拒否する。

「そういえば、俺は結構称号が手に入ったんだけど、京子も手に入ったか？」

「え？　あ、はい！」

「どんなの？」

「えーっと秘密です」

「……そっか。それがいいな」

俺もすでにいくつかの称号を隠してるし、今回得た称号もあまり人に知られたくないものもある。特に、『聖女親衛隊』とかは聖女である京子には知られたくない。なんか、俺が京子のこと大好きみたいじゃないか。

俺は京子に背を預けたまま自分の『ダンジョンＧｏ！』を取り出し、ヘルプを使って得た称号についていく。


『災禍の生還者』

ランクアップ現象などのダンジョン災害で生還すると取得できる。

効果
・運のパラメーターが上昇する。
・スキル『直感』を獲得する。

『双刀の極意』

両手に武器を持った状態で同一ダンジョン内のモンスター千体以上を討伐すると取得できる。

効果
・盾スロットに武器を装備できる。
・スキル『二刀流』を獲得する。

『一騎当千』
一度の戦闘で自パーティーの千倍以上のモンスターを倒すと取得できる。
効果
・敵パーティーの数が自パーティーの数以上だとステータスが大幅上昇する。
・複数体相手の同時攻撃のダメージが上昇する。
『一撃一殺』
一度の戦闘中に千体以上のモンスターを一撃で倒すと取得できる。
効果
・クリティカル発生時、相手に即死ダメージを高確率で与える。
・クリティカル率が大上昇する。
『最適解』
戦闘中に最適解を選び続けると取得できる。
効果
・クリティカル率が上昇する。
・最適解を選び続けるとＨＰ、ＭＰ、ＳＰの減少速度が低下する。
『忍び、鍛える者』
忍術を使って逆境をはね除け続けると取得できる。
効果

・全ての忍術の効果が大上昇する。
・スキル『忍耐』を獲得する。
『不撓不屈』
戦闘時間三時間以上の戦闘に勝利すると取得できる。
効果
・SPの減少速度が大きく低下する。
・スキル『逆境◎』を獲得する。
『守護者』
長時間戦闘でパーティーメンバーにダメージを通さず勝利すると取得できる。
効果
・防御系ステータスが上昇する。
・スキル『かばう』を獲得する。
『聖女親衛隊』
戦闘中、聖女を守り続けると取得できる。
効果
・聖女がパーティーにいる場合、全ステータスが倍増する。
・聖女がパーティーにいる場合、HP、MP、SPの自然回復スピードが倍増する。
普通のDランク探索者で五個持っていればいい方という称号を今回の戦闘だけで五個以上手に入

れてしまった。この戦闘がそれだけ大変だったということだ。

称号はどれもかなり効果の高いものだが、『聖女親衛隊』の効果は規格外だと思う。聖女がパーティーにいる場合と条件が指定されているが、他のスキルが上昇なのに対して、このスキルは倍増だ。

(スキル名称もそうだけど、スキルの効果も京子には秘密だな)

やさしい京子であれば、このスキルがあると知れば俺とのパーティーの解散を躊躇するようになるだろう。この称号については京子には知られるわけにはいかない。

(俺もたまに一人でダンジョンに潜って、『聖女親衛隊』に頼り切らないようにしないと)

聖女がいると大幅に強くなる称号を得たということは、聖女がいないと弱体化してしまうということだ。強い状態に慣れきってしまわないようにたまには一人で潜って調整しないといけないな。

それ以外にも称号はたくさんあるが、この称号は条件が他人によるものなので、条件を満たせなくなった時のために称号なしの状態もちゃんと準備しておかないと。

(ん？　もしかして、称号ってオンオフができたりする？)

称号一覧をスクロールしていると、長押しするとポップアップメニューが出てくることに気づく。その中に、『ＯＮ／ＯＦＦ』という項目があるのに気付いた。試しに聖女親衛隊の称号でＯＦＦを選択してみると、称号がグレーアウトされた。どうやら、非活性になったらしい。

これなら、一人でダンジョンに潜らなくても大丈夫か？　今、京子とは共同生活をしてるからな。一人でダンジョンに出掛けていたりすると、バレるかもしれない。

とりあえず、この称号はもしもの時以外はＯＦＦにしておくことにしよう。

「それじゃあ、帰ろうか」

「そうですね」

疲労もある程度回復してきたので俺たちは立ち上がる。そして、リザルトウインドウを進める。


---

Ｄランク以上のダンジョンを完全踏破しました。

『ダンジョンの種』を獲得しました。


---

「え？」

「は？」

どうやら、ランクアップ現象の騒動はまだ終わらないようだ。

「京子にも出たか？」

「サグルさんもですか？」

俺は同じタイミングで変な声を上げた京子に声をかける。どうやら、京子の方にも変なメッセージが出たらしい。

「俺の方には、『Ｄランク以上のダンジョンを完全踏破しました。ダンジョンの種を獲得しました。』って出てるけど、京子の方は？」

「こっちも同じです」

「とりあえず、これを調べてから出た方がいいと思わないか？」

「そうですね。危ない物だったらまずいですし」

俺たちは再び座り直した。

「お、ヘルプにダンジョンの種についての情報が増えてる」

「本当ですね」

アプリのヘルプを起動すると、横から俺のスマホを京子が覗き込んでくる。ダンジョンの種について調べてみると、すぐに見つかった。

ほんとヘルプ先生だ。疑問はなんでも答えてくれる。

俺たちに全く知識がないことには何も答えてくれないのが玉に瑕だけど。

「ダンジョンを作るですか」

「本当にダンジョンの種なんだな」

ダンジョンの種はその名の通り、ダンジョンを作るための種となるものらしい。周りの負の感情を吸収しながらダンジョンは大きくなっていくそうだ。自分でダンジョンに潜ることもできるし、大きくなると、外部の探索者も入れられるようになる。

俺のヘルプを見ながら、京子が自分のアプリを確かめてみると、『ダンジョンＧｏ！』のアプリの中にダンジョン作成という項目が追加されていた。そして、内部のモンスターなんかも自分で設定することがダンジョンが出来るらしい。今は集めた負の感情、ＤＰがなくてモンスターを設置したりはできないみたいだが、部屋の形を変えたり、通路をつけたりはできる。

じてダンジョン作成の画面を開いてみる。

京子は部屋の形を星形にしたり。通路を足したり色々いじってみているようだ。俺もヘルプを閉じてダンジョン作成の画面を開いてみる。

「あれ？　このダンジョン、俺と京子で共有になってるみたいだ」

「本当ですか？　わ。本当だ」

俺がダンジョン作成を開いてみると、そこには星型の部屋の各頂点に通路が設定された奇怪なダンジョンが映し出された。京子が自分のアプリでダンジョンをいじると、俺のアプリ内のダンジョンも形を変える。

よく考えると、ダンジョンの完全踏破でダンジョンの種が手に入った。そして、そのダンジョンは俺と京子の二人で攻略したのだから、共有されていて当然か。

俺たちは二人でダンジョンを色々といじってみた。

＊＊＊

「結構面白いな」

「そうですね」

俺たちは、ダンジョンを出て、新宿の公園で『ダンジョンＧｏ！』のアプリをいじっていた。

色々といじってみて、わかったことがある。

まず、このダンジョンにはどこからでも突入することができた。二人がある程度距離を取っても突入できたので、多分どちらか片方しかいなくても潜ることができるのだろう。また、脱出場所は自分が潜った場所と京子がいる場所の二箇所を選択できた。簡易的な瞬間移動も可能なようだ。本当に便利になったと思う。

だが、ダンジョン内からはメールもできず、相手が何をしているかはわからないので、脱出するときは自分が探索を開始した場所にしようと約束した。脱出した時にトイレにいたり、お風呂に入っていたりしたら大変だからな。ラッキースケベ断固阻止だ。

「何をするにもＤＰが必要みたいだけどな」

「そうですね」

ダンジョンは簡単に形を変えるくらいならＤＰは不要だが、部屋を増やしたりするのはＤＰが必要だった。

そのＤＰの溜まるスピードは場所によって違う。ダンジョンがたくさんできているあたりだと、ＤＰの溜まるスピードも速く、今いる公園とかだとほとんどたまらない。昼の場合、駅前やオフィス街など、人の多いところだとかなり多くのＤＰを回収することができた。

ダンジョン内ではたまらないらしく、ダンジョンを出るまではＤＰは０のままだった。いや、攻略済みのダンジョンにいたからたまらなかったのか？　その辺は要確認だな。

そして、ＤＰを使ってダンジョンのランクを変更することができる。ダンジョンのランクを上げればＤＰは減少するが、ランクを下げれば減った分のＤＰは戻ってくる。ダンジョンのランク変更も含め、ダンジョンの編集はダンジョン内に人がいない場合にだけすることができ、俺か京子のどちらかがダンジョン内にいる場合は編集がロックされてしまった。

「何より面白いのはモンスターを設置できることだな」

「そうですね。これで訓練場所には困らなさそうです」

DPを使ってモンスターを配置することもできる。設置したモンスターは俺たちにも襲いかかってきてくれるので、ダンジョン内にモンスターを設置して、訓練することもできた。このダンジョン内は他のダンジョン同様に時間が十倍になるので、これからはこのダンジョンで鍛錬をすればいいだろう。

俺も京子も今回の戦闘中にかなりスキルや強化された体の使い方に慣れた。そのおかげで、今までどれだけ適当に戦っていたかに気づくことができた。

どれだけ強力なスキルやステータスも、ちゃんと使いこなさなければ宝の持ち腐れだ。今までは高いステータスでゴリ押しできていたが、いつまでもそれは続かない。現に、今回、Dランクに上がったダンジョンでは命の危険さえあった。

俺たちはせっかく手に入れたこのダンジョンで鍛錬をすることを決めていた。

「でも、危険はなさそうでよかったですね」

「そうだな」

Dランク以上になるとダンジョンの入口は外部に設置することもできるが、設置しないこともできるようだ。勝手に外にダンジョンを作ってしまわないということは、あまり危険もないということだ。

ちなみに、俺たちが作ったダンジョンを誰かに完全踏破されてしまうと、俺たちの持ってるダンジョンの種が踏破した相手に移ってしまうので、無闇に入り口を作るのはダメなようだ。

俺たちが死んだ後どうなるかわからないが、流石にそこまでは面倒見れない。

「じゃあ、昼飯にしようぜ」

「そうですね」

俺たちはお弁当箱を開いて昼食を始めた。

（ふふふ）

京子はサグルの一歩後ろを歩きながら、微笑んでいた。今日は皇国ホテルのスカイラウンジで夕食を取る予定だ。スマホで連絡してみると、予約は簡単に取れた。

時間的にはランチの時間だったが、今日も京子はお弁当を作ってきていたので、お昼はいつも通り公園でお弁当を食べた。

この後はダンジョンには潜らず、買い物をする予定だ。皇国ホテルのディナーといえば、結構お高いものだ。ドレスコードはないと言われたが、ちゃんとした格好で行く方がいいだろう。お客さんは京子たちだけじゃないのだ。周りの雰囲気を崩さないように、正装とまではいかないにしても、しっかりとした服装で行った方がいい。この後は、その衣装を買いに行く予定だ。

（つまり、デートってことかな？　デートってことでいいよね？）

ランクアップ現象に巻き込まれたときは困ったことになったと思ったが、結果、生き残ることもでき、その上、いくつもの称号を手に入れられた。結果としては大成功と言っていいだろう。

（それに、私を守ってくれるサグルさん、かっこよかったな）

サグルには教えていなかったが、見習い聖女になって体力以上にＨＰが下がっていた。だから、ランクアップ現象のため、Ｄランクになっていた醜兎の攻撃を受ければ、京子はひとたまりもなかったかもしれない。見習い防具職人のジョブを使って防具は作成しているが、防具の材料となっているのはＥランクのモンスターの素材だ。相手がＤランクのモンスターであればあまり役には立たないだろう。

（それに、こんな称号手に入れちゃったし）

京子は自分のアプリから称号欄を確認する。いくつもの称号の中に『運命の相手（大穴探）』というものがあった。

『運命の相手』

運命の相手と出会うと取得できる。

対象者との運命が消失するとこの称号は消える。

効果
・対象者と一緒にパーティーを組んでいると全ステータスが倍増する。
・対象者との間で恋愛イベントが発生しやすくなる。
他の称号が微増や上昇なのに対して、この称号は倍増だ。実際、さっき一人でプライベートダンジョンに潜ったときは体が重く感じた。それで確認してみるとサグルとのパーティーが解消されていた。どうやら、同じダンジョンに潜っていないとパーティーは組めないらしい。

少しの喪失感を覚えながらもダンジョンの外に出ると、再びパーティーが組まれたためか、すごくホッとした気持ちになった。京子は今まで以上にサグルから離れられなくなってしまったようだ。

これはもう責任をとってもらうしかないのでは？

「……京子、ちょっとシャワー浴びていかないか？」

「えぇ!?」

唐突にサグルから声をかけられて、京子は驚いた声を出す。

ふと脇道を見れば、ラブホテルの看板が目に入る。もしかして、誘われているのだろうか？

サグルの顔は後ろからでは窺うことができない。だが、何かをスマホで調べているところのようだ。

「悪いな。俺、さっきの戦闘で結構汗かいたからさ。できれば、服を選ぶ前にサッパリしておきたいなと。結構いいところに行くし」

「あ。あぁ！　そうですね。その方がいいかもですね」

「新宿駅の近くには温泉施設があるみたいだからさ。そこにいかないか？」

京子と違い、サグルはモンスターを倒すために動き回っていた。相当汗をかいただろう。

新宿駅には長距離バスの乗降場所があるためか、近くに温泉施設があったりする。おそらく、そこに行くつもりなのだろう。少しお高いと思うが、今の京子たちには値段はそれほど気にならない。

むしろ、その間、サグルと離れ離れになることの方が気になるくらいだ。

（あれ？　そう言われると、私も少し汗臭いかも？）

京子は顔を赤くして、サグルから一歩距離を離す。

京子も動き回りこそしなかったが、支援魔法をかけていて、冷や汗はかなりかいた。今まで気づかなかったが、もしかしたら、自分も汗臭いかもしれない。

「やっぱり汗臭いか？」

「!!　そ、そんなことないです！　サグルさんはとってもいい匂いです！」

「そ、そうか。距離を取られたから汗臭かったのかと」

「あ！　いえ、私の方が汗臭かったかなと。私も結構汗をかいたので」

「いや、京子は大丈夫だと思うぞ？」

「あ」

サグルは無造作に寄ってくる。そして、京子の匂いをすんすんとかぐ。

京子は頭から湯気が出そうになるくらい真っ赤になっていた。サグルはたまに距離感がおかしいのだ。

「うん。多分大丈夫」

「そう、ですか。ありがとう、ございます」

チラリと見ると、サグルも顔が真っ赤になっていた。どうやら、自分がかなり際どいことをしてしまったとやった後から気づいたらしい。

こうやって、恥ずかしがるサグルは可愛いと思う。

「……でもちょうどよかった。京子も気になってるなら、シャワー浴びに行こうぜ」

「……はい」

京子とサグルは新宿駅の方へと向かって歩き始めた。

「ちっ。またダメか」
竜也はできたてのGランクダンジョンを攻略し、リザルト画面にダンジョン最速踏破者の称号がないことを確認して舌打ちをする。このGランクダンジョンについては竜也しか知らない。側近たちにも話してはいない。
「早く。早く取り戻さないと」
竜也は焦るようにダンジョンを後にした。

＊＊＊

竜也は元々、品川周辺を根城にする半グレの一人だった。そんな竜也が『ダンジョンGo!』を見つけたのは偶然だった。

『ダンジョンGo!』を見つけた時、竜也はヘマをして、暴力団の構成員に追われていた。警察の取り締まりは組織的な暴力団の方がきつい。暴力団は自分たちより取り締まりの緩い竜也たち半グレを毛嫌いしており、その時も、竜也がうっかり暴力団のシマに手を出してしまったことが追われる原因だった。

廃ビルに追い詰められて絶体絶命となった時に竜也は『ダンジョンＧｏ！』を見つけた。そして、竜也は『ダンジョンＧｏ！』に逃げ込むことに成功した。十分ほど『ダンジョンＧｏ！』内に潜伏した後、現実世界に戻ったが、現実世界では一分ほどしか時間が経っていなかった。

さらに悪いことに、暴力団員たちは竜也のいる部屋のすぐ前まで来ていた。

絶体絶命かと思ったが、部屋の中に入ってきた暴力団員たちは竜也がいることに気が付かなかった。そして、竜也はすぐにそれが『ダンジョンＧｏ！』のおかげだと気づいた。

それ以来、竜也は『ダンジョンＧｏ！』を使ったエスケープ作戦を使っていろいろと危ない仕事をこなしていった。竜也が半グレとして頭角を現しだしたのはこの頃からだ。

次の転機は竜也の見習い盗賊のランクがＸになった時だ。竜也はつるむのが嫌いで、一人でダンジョンに潜り続けていた。『ダンジョンＧｏ！』をまともにプレイするつもりはなかったが、ダンジョンに入るたびに暇つぶし程度にモンスターを倒し続けていると、一年しないうちにランクはＸに上がった。そして、ランクがＸになったとき、選択肢の中に『見習い匪賊（ひぞく）』というジョブが現れた。匪賊は攻撃力や防御力は盗賊より弱いが、隠密能力と探査能力は盗賊より高かった。ヤクザや警察から逃げ隠れするために『ダンジョンＧｏ！』を使っていた竜也にはピッタリのジョブだった。

竜也は迷わず見習い匪賊のジョブについた。

見習い匪賊のジョブについてしばらくした頃、竜也はＧランクのダンジョンを見つけた。そのダンジョンもすぐにＦランクダンジョンに変わったため、竜也も気のせいだと思った。だが、二度、三度と同じようにGランクのダンジョンを見つけることで、竜也はGランクのダンジョンの存在を確信した。

Gランクのダンジョンは発生から三十分ほどでFランクに上がってしまう。その上、百メートルほどの距離からダンジョンに潜れるFランクダンジョンと違い、五十メートルくらいまで近づかなければダンジョンに入ることができず、高さはもっとシビアで、建物の一、二階上のダンジョンまでしか入ることができない。

『ダンジョンGo!』のアプリではビルの何階でダンジョンが発生したかはわからないので、探しているうちにダンジョンはGからFに上がってしまう。

竜也はどうしてもGランクダンジョンに入りたいと思った。Fランクのダンジョンだとソロではあまり稼ぐことができない。敵が強くて、なかなか倒せないからだ。だが、Gランクのダンジョンならもっと簡単に稼げるはずだ。竜也はそう思っていた。

そこで、竜也が考えついたのが自分でダンジョンを作ってしまうことだった。人間の負の感情がダンジョンを作るのであれば、ダンジョンができるくらいまで誰かを追い詰めればいい。追い詰めたやつの近くにダンジョンができるはずなので、竜也はそいつの近くにいればGランクのダンジョンに入れるはずだ。

竜也が目をつけたのが、金貸しだった。金貸しなら合法的に借り手を追い詰められる。仲間を使えばもっと合理的に動くことができるはずだ。

竜也は当時、結構な資産を持っていたこともあり、闇金を始めた。だが、そんな思惑はすぐに頓挫することになった。闇金は竜也が思っていた以上に取り締まりが厳しく、仲間たちはどんどん捕まっていった。

そこで、竜也が目をつけたのが、『ダンジョンＧｏ！』だった。仲間たちに『ダンジョンＧｏ！』をインストールさせ、竜也と同じエスケープ作戦をとれば、警察からだって簡単に逃げられる。適合する人間は少なかったが、行き詰まった『ダンジョンＧｏ！』ユーザーなんかを脅して組織に入れることで、組織はどんどんと大きくなっていった。

こうして、竜也は『ダンジョンＧｏ！』ユーザーだけからなる半グレ組織を作り上げた。そして、竜也は自分で作り上げたＧランクダンジョンを踏破することに成功した。

＊＊＊

「ちっ。苦労して入ったのに、しけてんな」

竜也は初めて入ったＧランクダンジョンで舌打ちをしていた。入った場所が良かったためか、二体目に出会ったモンスターがＧランクダンジョンのボスモンスターで、竜也はボスを倒すことができた。だが、リザルト画面を見て、竜也はガッカリした。そこに書かれていた報酬はＦランクダンジョンで手に入れた報酬より格段に少なかったからだ。考えてみれば当然だ。ゲームだって弱いモンスターからは少しの報酬しかもらえない。

「まあ、組織のトップっていうのもいいもんだから別にいいか」

竜也は自分が作った組織で敬われることに満足感を覚えていた。これまでうだつの上がらない人生を送ってきたので、自分がトップというのは実に気分のいいものだ。

暴力団のボスが偉そうにふんぞり返ってるのもわかる。

「そういえば、報酬以外にも何か手に入ってたな」

竜也はリザルト画面をもう一度確認する。そこには、最速ダンジョン踏破者の称号があった。そして、その効果で、二つ目のジョブがつけられるようになっていた。

「二つ目のジョブか。盗賊のジョブでもつけておくか」

竜也はファーストジョブを匪賊に設定し、セカンドジョブを盗賊に設定した。

「今日も取り立てかよ。めんどくせぇな」

「そんなこと言ってると、竜也さんにどやされるぞ」

「例の作戦。お前は参加するのか？」

「あぁ。いい加減あの面倒なやつには退場してもらいたいからな」

「おい、一緒に飯いかねぇか？」

「お、いいな。近くに新しいラーメン屋ができたんだよ」

「ふざけんじゃねぇ！」

「ふざけてんのはお前だろうが‼」

「な、なんだ⁉」

ダンジョンから帰ってきた竜也は唐突に入ってきた情報に面食らう。

今回はGランクダンジョンが竜也の組織の建物内でできたので、出てきた場所は竜也の組織が使ってる建物の中だった。そしてすぐに竜也は今聞こえてるのが、竜也の組織の構成員の会話であると気づいた。

ファーストジョブもセカンドジョブも斥候系のジョブを選択したため、相乗効果で探知能力が格段に上昇していた。しかも、セカンドジョブによって、知力も上昇しているため、入ってくる情報を理解することもできていた。

当然、この能力は自分である程度操作できる。会話を聞き分けることも容易だ。

「……今、気になる会話をしてる奴がいたな」

竜也はビル内で交わされている会話の一つに集中して耳を傾ける。

「でも、大丈夫なのか？　竜也は俺たちよりずっと前から『ダンジョンＧｏ！』をやってるんだろ？　結構レベルが高いんじゃないのか？」

「大丈夫だ。竜也は本格的にダンジョン探索をやってるわけじゃない。俺たちがグループを組んでダンジョン探索をすればすぐに追い抜ける。それに、こっちは結構な人数がいるんだ。竜也が一人の時に襲えばひとたまりもないさ」

「なるほど」

「今日の夜にもグループを作ってダンジョン探索をすることになってるんだ。お前も来るか？」

「あぁ。行かせてもらうよ。強くなってミカを守れるようになりたいからな」

「シスコンだな」

「うるせぇ」

その会話は竜也を追い落とそうとする構成員たちの会話だった。

「くそ、あいつら。そっこー潰してやる。いや待てよ」

竜也はいいことを思いつき、ニヤリと笑った。

＊＊＊

「竜也ぁぁ！　今日がお前の命日だ！　ここじゃあ近くにダンジョンもないからお得意のダンジョンエスケープもできねぇぞ！」

町外れの廃倉庫に呼び出された竜也の前には二十人ほどの構成員が立っていた。その中心に立っている反抗グループのリーダーの男はニヤニヤと笑い顔を貼り付けて竜也を挑発するように話しかけてくる。今日は組織の構成員が竜也を襲撃する日だ。竜也は当然、このことを知っていたが、逃げも隠れもせず、この場所までやってきていた。

「ククククク」

「？　気でも狂ったか？」

「いや、なかなか滑稽だと思ってな。やっぱりお前一人だけ残しておいたのは正解だった」

「何を言っている？」

「……やれ」

「なぁ⁉」

竜也が声をかけると、反抗グループのメンバーたちが一斉にリーダーに襲いかかる。

「お前ら、なんで！」

「うるせぇ！　お前のせいでミカは。ミカはぁ‼」

「返せよ！　香織の笑顔を返せよ‼」

「母さんの仇‼」

「はっはっはっはっは！」

竜也はリーダーがボコボコにされていく様子を見ながら笑う。竜也は上昇した情報収集能力と隠密能力を使って反抗グループの構成員について調べ上げ、その弱みとなるものを探し出した。そして、妹が好きなやつは妹を、彼女が大切なやつには彼女を、母親が大切なやつには母親を人質にとっていうことを聞かせた。当然、こんなことをやろうとした報いは受けてもらったが。

「おい、お前ら、その辺にしろ」

「ひゅー。ひゅー」

竜也は虫の息になったリーダーへの攻撃を止めさせる。

「竜也さん！　こいつのせいでミカは酷い目にあったんだ。この程度じゃたりねぇよ」

反抗グループのメンバーたちは攻撃をやめるが、まだやり足りないようだ。

「こいつには美人の姉がいるって話だ」

「‼」

「今の時間なら、大学に行ってて、そろそろ帰宅するはずだ」

「や、やめへ」

「これがそいつの住所だが、どうする?」

竜也は懐から取り出したメモをチラリと反抗グループのメンバーたちに見せる。その紙にはリーダーの姉が住んでいる下宿の住所が記されていた。

「行きます!」「行かせてください!」「ミカと同じ目に遭わせてやる!」

竜也はチラリと地べたに這いつくばっているリーダーの方を見る。リーダーはすがるように竜也の方を見上げてくる。

「やるよ」

「やったぁ!」「俺が最初だ!」「ミカ。ミカぁ!!」

「あぁぁぁぁぁぁぁ!」

「はははははは!」

男たちは我先にと倉庫から出ていく。

リーダーの慟哭(どうこく)が響く倉庫で、竜也は笑い続けていた。

竜也はこれまで、ファーストジョブに匪賊、セカンドジョブに盗賊をつけて情報収集をこなすことで、部下たちを恐怖で縛り上げてきた。構成員たちに嫌われていることはわかっている。
セカンドジョブがなくなったことで、情報収集能力は格段に落ちている。今襲撃をされたら反撃できるかは怪しい。

「次だ！」

竜也がスマホを確認するが、今発生しそうなダンジョンは残っていなかった。期待できそうな案件は一つあるのだが、進捗（しんちょく）は思わしくないらしい。

「チッ。ノロマが」

竜也は携帯で連絡を取る。

「おい！　例の女『京子』とかいう女はまだ見つからねぇのかよ！」

「ヒィ！　すみません。学校にも出てきてないみたいで」

「母親からの許可はもらってんだ。さっさとさらって風呂屋におとしちまえ！」

「は、はぃぃぃぃ！」

竜也は苛立たしげに電話を切った。

# 第五章　悪党に名乗る名なんてねぇよ。仕返しが怖いからな

「じゃあ、そろそろ出発するか」

「はい」

ランクアップ現象に巻き込まれた翌日の朝、俺たちはいつもの通り、ダンジョンへと出発する準備をしていた。昨日はあの後ダンジョンには潜らなかった。だから、今日のダンジョン探索はランクアップ現象以来初となる。

新しい称号も試してみたいし、地味にランクがXになって、見習いが取れたＮＩＮＪＡも試してみたい。やりたいことはいろいろあるのだ。

「……今日は銀座の方に行くんですよね？」

「あぁ。昨日の夕食の帰りに確認してみたけど、あの辺はEランクダンジョンが多そうだったからな。京子はいきなりDランクダンジョンに行きたかったか？」

「……いいえ。どこに行くのか確認しただけで、私もEランクダンジョンに行くのは賛成です」

新宿のEランクダンジョンはかなりの数攻略してしまった。残りのEランクダンジョンまで攻略してしまうと、新宿でEランクダンジョンに潜っている探索者に悪いと思ったので、今日は昨日までの予定通り銀座の方まで行ってみるつもりだ。

俺たちは昨日のランクアップ現象でDランクのモンスターも問題なく倒せることがわかったし、Dランクダンジョンに挑戦してもいいのだが、とりあえず今日はEランクダンジョンに行くつもりでいる。

「やっぱり、いろいろ試しておいた方がいいと思います」

「そうだな」

昨日とは結構状況が変わっている。俺の見習いＮＩＮＪＡはＮＩＮＪＡに成長したし、京子の見習い聖女も聖女に成長したらしい。基本的に見習いが取れただけなので、単純な上方修正だ。だから、ぶっつけ本番でも大丈夫だと思うが、体を慣らすという作業も必要だ。

使うと使いこなすは全然違う。ただ力を手に入れただけでは、能力に振り回されることになる。

昨日の戦闘でそれを嫌というほど実感した。俺たちの能力は使いこなせば相当なことができる。

プライベートダンジョン内でいろいろと試してみたのだが、能力の上昇をそこまで実感はできなかった。今はＤＰも少なくて、Ｆランクレベルのダンジョンしか作れなかったからな。

Ｆランクダンジョンではもうバフなしの通常攻撃でボスモンスターすら簡単に倒せてしまう。Ｅランクダンジョンくらいの強さがないと技の威力を試すことすらできない。Ｅランクダンジョンでも同じ状況になる気がしなくもないが、それならそれで、Ｅランクダンジョンももう卒業するべきだとわかるからいいだろう。

そういうわけで、今日、Ｅランクダンジョンで調整してみて、新しい能力に十分に対応できたらＤランクダンジョンに挑戦しようかと思っている。

「じゃあ行くか」

「はい」

俺は扉を開けて出発した。

「あ、サグルっちおはよう」

「……」

俺は一度開けた扉をもう一度しめる。なんか、今幻覚を見た気がする。今、知り合いの女子高生が制服姿で立っていなかったか？

うん。きっと幻覚だろう。最近いろいろあって疲れてるからな。これはダンジョンでストレス発散するのがいいだろう。元々ストレス発散っていう誘い文句に誘われて始めたものだし。

「サグルさん？　どうかしたんですか？」

「いや、ちょっと疲れてるのかも」

「ちょ、なんで閉めるんよ!!」

俺が目を擦っていると、扉が向こう側から開かれる。扉の向こうには俺が昔勤めていた会社の社長の娘である有村朱莉が立っていた。

朱莉は社長の娘さんで、離婚して姓が有村に変わった。色々大変なはずだが、暗く沈んでいるところは見たことがない。高校から一気に垢抜けてしまったが、中身は昔のままの元気っ子だ。

東京での父親のような社長の娘さんなので、俺は朱莉のことを妹のように可愛がっていた。

「おはよう。朱莉」

「おはよう、サグルっち」

「あれ？　アカリちゃん？」

俺と朱莉が挨拶を交わしていると、後ろから声がかけられる。そこには驚いた表情の京子が立っていた。

「きょうちゃん？　どうしてきょうちゃんがここに？」

「アカリちゃんこそ」

どうやら、二人は知り合い同士だったらしい。

「どういうことか、説明してくれますよね？」

「お、落ち着け、二人とも。とりあえず、落ち着け」

二人から同時に詰め寄られ、俺はその場を収める方法が思いつかなかった。あと、二人ともめちゃくちゃ目が怖い。

＊＊＊

「うぇーん。きょうぢゃーん。気づいであげられなくてごべんねー」

朱莉は京子に縋り付くようにして涙を流している。抱きつかれている京子の服は、その、朱莉の分泌した液体のせいでべちょべちょだ。あれは着替え直す必要がありそうだな。

京子はネグレクトにあい、母親の恋人に襲われそうになったため、逃げ出してきたことを話した。

すると、朱莉は京子に縋り付くようにして泣き出したのだ。

流石に、『ダンジョンＧｏ！』の話はできなかったので、襲われて死にそうになったところに俺が助けに入ったことなんかは話せなかった。そのため、ネットカフェ暮らしをしていた京子をナンパから助けたということになっている。実際、そんなこともあったし。

だが、号泣していた朱莉がどこまで聞いていたかは微妙だ。

こうなった朱莉は誰にも止められない。落ち着くまで放置しておくしかないだろう。

「えーっと、京子は朱莉と知り合いだったのか？」

「はい。アカリちゃんとは去年から同じクラスで……」

「なるほど」

そういえば、京子が着ていた制服が、朱莉が通ってる学校のやつだったんだ。

社長にお呼ばれして家に遊びに行く時は朱莉は大体私服姿だが、数回だけ制服姿を見たことがあった。前からそのことには気づいていたが、まさか同じクラスだとは。

「決めた！」

「え？」

「京子ちゃん！　私が守ってあげるから、学校に行こう‼」

朱莉は泣き止んだかと思うと唐突にそんなことを言い出した。

「え？　学校？」

「そう！　学校‼　一緒にいこ⁉」

朱莉は制服姿だった。理由は聞いていないが学校に行く前にこの家に顔を出したのだろう。もし

かしたら、社長の奥さんに俺のことを見てくるように頼まれたのかもしれない。奥さんにもいろいろと世話になったからな。奥さんと社長は東京での俺の保護者を自認していたから、朱莉を家に送り込んできてもおかしくはない。朱莉が来たってことは奥さんの方も引っ越しが落ち着いたってことかな？　今度挨拶にでもいこうか。

それで、俺の家にきたら、最近学校に来てなくて心配していた京子がいたから、俺のことは完全に忘れて、京子の方に意識がいっちゃった感じだろう。自分が学校に行くから京子も一緒に学校に行こうという結論に至ったらしい。なんとも朱莉らしい。

ギャルっぽい見た目をしているが、彼女は竹を割ったような性格で、誰にでもグイグイくる。いや、ギャルってそういうものだっけ？　なんとなく乱れてるようなイメージがあったけど、陽キャのイケメンみたいな全方位に優しいギャルもいるのかもしれない。

俺の周りには陽キャのイケメンも陽キャのギャルも寄ってこなかったけど。

「えーっと、でもまだナンパ男が学校で張ってるかもしれないし」

「それって一週間前なんでしょ？　ナンパなんて、一週間も張ってないよ。もしいたとしても私が倒してあげる。こう見えても私、通信空手をやってて強いんだよ？」

朱莉はしっしっと拳を繰り出す。腰も入っていないし、そこまで強そうには見えない。熱しやすく冷めやすい朱莉のことだから通信空手もちょっと齧（かじ）っただけのような気がしなくもない。

むしろ、通信空手で強い人って見たことないんだけど。

「サグルさん……」

京子は助けを求めるように俺の方を見てくる。俺は少し考えた後、京子に耳打ちをする。

「(いい機会だし、学校、行ってもいいんじゃないか？　元々様子を見るのは一週間の予定だっただろ？)」

「(えぇ？)」

「(所詮見習いジョブが二人なんだからさ、俺に空メールでも送ってくれたら助けに行くから)」

ケンタとケンゴは二人ともまだ見習いジョブのはずだ。まさか、誰かにパワーレベリングされていたりはしないだろう。

見習いジョブなら一般人より少し強い程度だから、俺が助けに行くまでくらいならなんとか逃げられるはずだ。京子も聖女に上がって、見習い僧侶のランクIくらいの強化率にはなってるんだし。

「(……でも、その間ダンジョンに潜れないとお金が)」

「(お金は昨日結構稼げたし、当分は大丈夫じゃないか？)」

昨日はそれぞれ五百万円以上稼げてしまった。五百万といえば、会社員時代の俺の年収一年分以上になる。つまり、今の生活を続けるなら、一年以上は働かなくても大丈夫だということだ。京子と一緒に生活するようになって、ほぼ100%自炊になったため、生活費は間違いなく下がってるし、そう考えると五年くらいは働かずに生活できるかもしれない。

いや、たまに散財してるから流石にそれは無理か？

「(それに、Dランクダンジョンに潜るようになると、放課後の時間だけでも十分稼げそうじゃないか？)」

Dランクダンジョンなら一体のモンスターを倒すだけで五百円くらい手に入る。二体で千円、二十体で一万円だ。ダンジョンの攻略ができなくても、ダンジョン内の時間は十倍になるので、一日で数万円稼ぐのは難しくないだろう。

「(それは、そうですけど。サグルさんは昼間はどうするつもりなんですか?)」

「(俺は部屋でゆったりしておくよ)」

「(一人でダンジョンに潜ったりしません?)」

「(しないしない)」

どうやら、俺がダンジョンに一人で潜り、実力差が開いてしまうことを気にしていたらしい。俺はソロでダンジョンに潜ることもできるが、少なくとも今日はダンジョンに潜るつもりはない。

ここ一週間は京子とずっと一緒だった。

家も一部屋しかないので、大体二人一緒にいることになる。一人になれるのは風呂場やトイレだけだ。一人の時間が取れるのは正直ありがたい。

京子は無防備で、なぜかとても距離が近い。そうなると、その、何がとは言わないが、いろいろと溜まっているものもあるのだ。風呂場やトイレはそこまで防音が利かないし、トイレに至ってはそこまで長く入っているのも不審に思われる。

そういうわけで、今日は一人でリフレッシュするつもりだ。

「(京子も学校に行きたくないわけじゃないんだろ)」

「(それは、そうですけど)」

俺はチラリと部屋の片隅にかけられてある京子の制服の方を見る。制服は綺麗に洗濯されたうえ、しっかりアイロンまでかけられている。また着るつもりがあるということだろう。そうでなければあそこまで丁寧に扱わないはずだ。

制服を着るつもりがあるということは、また学校に行くつもりがあるということだ。まさか、コスプレできるつもりというわけではないはずだ。

京子の話に出てきた学校はいいところだったし、学校には何人か友達もいたという話をしていた。そういえば、話にあった友達の中に朱莉みたいな女の子もいた気がするな。名前もアカリちゃんって呼んでいた気がするし、もしかしたら朱莉のことだったのかも。

「(……それなら、学校。行ってこようと思います)」

「(楽しんできな。学校でしかできないことは結構いっぱいあるから)」

同世代の人間が集まる機会なんて、学校を卒業してしまえばもうない。学校で友達を作ったりするのは貴重な体験だ。だから、通えるなら通ったほうがいいだろう。

「話はまとまった？」

「うん。アカリちゃん。一緒に学校行こ」

「!!　うん！」

京子は手早く制服に着替える。

「「行ってきます」」

「行ってらっしゃい」

俺が手を振ると、二人は俺に向かって手を振った後、二人で手を繋いで学校へと向かっていった。

「さて、俺は溜まっているラノベやアニメの消化にあたりますか」

京子がいると消化できないんだよな。オタクじゃない女の子がいる横で、アニメやラノベに集中するわけにもいかない。思わずニヤニヤしちゃったりするとキモいと思われそうだし。かと言って、トイレなんかに長時間入っているわけにもいかない。

結果的に結構な量溜まっていたのだ。ここ半年は会社も忙しかったし、一番楽しみにしていた作品しかチェックできてなかったから、それも考えると気になる作品は結構多い。

確か、お気に入りのラノベも新刊が出てたはずだし、今日は忙しくなりそうだ！

＊＊＊

「ふぅ。良作だった。作者はぼっちの気持ちをよくわかってる。これは二期に期待だな。さて、次は何を見ようか」

京子と朱莉を学校へと送り出した後、俺は動画配信サービスを使ってアニメを見ていた。半年くらい前から色々大変で、見たいアニメは結構溜まっていた。今、ひと作品見終わったので、次は何を見ようかと作品の物色を始めているところだ。

今まではお金の問題もあって、動画配信サービスは一つしか契約していなかったが、他のサービスに契約して、今まで見たくても見れなかった作品を見るのもいいかもしれない。お金ならいくらでも稼げるんだし。

「あ。もうこんな時間か。そろそろ京子が帰ってきちゃうな」

ふとスマホに写ってる時計を見ると、時間がすでに四時を回っており、いつ京子が帰ってきても
おかしくない時間になっていた。

「今日はこの辺にしておくか。続きはまた明日だな」

おそらく、明日も京子は学校に行くだろう。それなら、明日続きを見ればいい。

俺がそんなことを考えているときだった。

「ん？　電話？」

スマホが着信を伝えてくる。画面を確認してみると、電話をかけてきたのは朱莉だった。

「何かあったかな？」

俺は何気ない感覚で応答ボタンをタップする。

「はい、もしもーー」

「サグルっち！　キョウちゃんが、キョウちゃんが！」

「!!　京子がどうかしたのか！」

「キョウちゃんが変な男たちに攫われちゃった！　お願い！　キョウちゃんを助けて！」

「わかった！」

俺は、朱莉の言葉に二つ返事で答え、すぐさま出発の準備を始めた。

「京子ちゃん。ばいばい」

「ばいばい。また明日ね」

「朱莉ちゃんもばいばい」

「またね～」

朱莉がサグルに連絡する少し前、京子はクラスメイトと別れ、朱莉と一緒に家路についていた。

およそ二週間ぶりの登校となるのに、クラスメイトたちは温かく京子のことを迎えてくれた。

教師には呼び出されこそしたが、教師も京子の家庭の事情は知っている。家の事情でというと理解してくれた。どうやら、学校にはもう京子は学校に行かないので、授業料を返すようにと母から連絡があったそうだ。当然、断ったそうだが、かなりしつこく食いついてきたらしい。返金をしない学校を選んでよかった。

どうやら、この学校の創業者が学費を親に持ち逃げされ、学校に通えなかった過去があるらしく、入学したら落第しない限り何があっても卒業させてくれるらしい。特にお金の関係はかなりシビアで生徒が事故で死亡しても、死亡届を持ってこない限り返金しないと契約書に書かれていた。

京子がことの顛末を話し、今は友人の家に逃げ込んでいると話すと、先生はほっとしたように胸を撫で下ろした。先生も私みたいに事情がある子供ははじめてではないそうで、色々と対処法を教えてくれた。なんでも、虐待を受けている場合は後見人制度を使って親と縁を切ることができるそうだ。母親が学校にかけてきた電話は録音されているそうなので、それで虐待と認定される公算は高いらしい。後見人には先生がなってもいいとまで言ってもらえた。

帰ったらサグルさんに相談してみようと思う。

「今日もサグルっちの家に泊まるの？」

「そのつもり」

「じゃあ、途中まで一緒だね」

「そうだね」

京子と朱莉は校門を出る。そして、駅に向かって歩く。みんなが向かうのとは別の方向だ。

「ほんとはうち来ない？　って言ってあげたいんだけど、今うちも色々と大変だからさ」

「まあ、仕方ないよ」

私鉄の駅は近くにあるのだが、京子たちはその駅には向かわない。一駅ほど歩けば地下鉄の駅がある。そこまで歩けば、往復で三百円ちょっと安くなる。家が大変な朱莉はそこまで歩いていた。京子も今はお金には困っていないが、朱莉に付き合って地下鉄の駅まで一緒に歩いていた。

「ボロくてもあったかい家なんだけど、いかんせん狭くてね」

朱莉の家は会社が倒産し、社長である父親と離婚したばかりなので色々と大変なのだそうだ。前に住んでいた家も引き払ってしまっており、今は家賃三万円のボロアパートに住んでいるらしい。スペース的にも母親と二人でいっぱいいっぱいいっぱいなようだ。

「気を使ってくれてありがとう。サグルさんのところで大丈夫だから」

「……男の人の家に泊まるなんて危ないし、早くどこかいいところ見つけたほうがいいと思うけどね」

京子たちは話に夢中になっており、後ろから黒塗りのバンが近づいてきていることに気が付かなかった。

「サグルっちも男の子だからね。気を抜いてるとこうガバーって」

──ガバ！

「捕まえた！　早く出せ！」

「むー!!」

黒塗りのバンから男たちが出てきて、京子に何かの袋を被せ、バンの中へと引き摺り込んでしまう。

「わかった。もう一人の女はどうする？」

「ひっ！」

「!!　むーむー!!」

このままでは朱莉も一緒に捕まってしまう。京子は精一杯の力を振り絞って暴れ回る。だが、男たちは異様に力が強く、満足に手足を動かすこともできない。

「こら暴れるな！」

「待て、大事な商品だ。怪我を負わせるんじゃねぇ！」

「チッ。めんどくせぇ」

男たちの京子を拘束する力が強まる。京子は身動きを取ることもできなくなった。それでも、京子は必死に抵抗を続けた。

「この人数でもう一人なんて無理だ。そっちの女は指示にない。ほっとけ」

「警察呼ばれたらどうするんだ！」

「俺たちが警察如きに捕まるわけねぇだろ！」

「それもそうだな」

バタンと音がして、車は走り出す。どうやら、朱莉は無事だったようだ。

車が走り出した頃には全力で暴れたせいで京子はぐったりとしてしまっていた。こいつらは何者なんだろう？　これからどこに連れて行かれるのだろう？

京子は恐怖で震えそうになる。

（サグルさん）

京子は心の中で大切な相手のことを思い出し、恐怖と必死に戦った。

＊＊＊

「ついたぞ」

「……」

車が止まると、被せられていた袋が京子から取り払われる。

京子が連れてこられた場所はどこかの廃倉庫だった。今が夕方なせいもあってか、すごく不気味に見える。

「降りろ。逃げようとしたって無駄だからな」

「……」

京子は返事をせずに車の外に出る。車の外に出ると、京子の逃げ場を塞ぐように五人の男が立った。

京子は四人の男からできるだけ距離を取るように立ち位置を少し変える。

「こっちだ。ついてこい」

先導する男の後についていくと、古い倉庫に案内された。

倉庫の中には電気がついており、胡散臭いスーツ姿の男が高級そうな椅子に座っていた。

「ようこそ。お待ちしてましたよ」

その男は椅子に座ったまま大袈裟に両手を広げて京子に対して歓迎を示す。京子は眉を顰(ひそ)めるが、男は気にする様子を見せない。

「初めまして、矢内京子さん。私は金田ハジメと申します」

「……」

「おや、ダンマリですか。悲しいですね」

金田は大袈裟な手振りで嘆く。嘘くさい様子から、本気で悲しがっている様子は窺えない。

京子は警戒心をさらにあげた。

「まあ、立ち話もなんですから、座ってください」

そう言って、金田は自分の目の前に置かれた貧相な椅子を指す。この椅子に座れということなのだろう。

正直、汚くて、地面に座ったほうがマシなように見える。

「結構です。早く帰りたいので、用件を早く言ってください」

「そ、そうですか。あなたには仕事をしてもらいたいんです。なーに、簡単な仕事です。その上、報酬はたんまり出る。マージンとして私たちも一部いただくことになりますが、どうです？　受けていただけますか？」

「お断りします」

「はぁ？」

京子が断りを告げると、男は本気で驚いたような顔を見せる。この男はあんな要求を京子が飲むと思っていたのだろうか？

「こ、断ると言われましてもね。私たちは京子さんのお母様から京子様に働いてもらう了承は得ているのですよ」

「!!」

流石の京子もショックを受けた。あんなのでも母親だ。京子にこんな酷い仕打ちをするとは思っていなかった。

京子は全身の力が抜けるかのような感覚を受け、その場で倒れそうになる。金田はそんな京子の様子を見て、勝利を確信したかのように笑みを見せる。

「……」

その時、倒れそうになった京子の背中に、京子の後ろに立っていた男が誰からも見えない角度で手を添えた。その手から、熱が流れ込んでくるかのように、京子に力が戻っていく。

京子はしっかりと立ち直った。

「お受けいただけますか？」

「いえ。お断りします」

「ッ!!　このっ！」

金田は激昂しそうになるが、一度深呼吸して、怒りをおさめる。まあ、片眉毛がぴくぴくしており、怒りが抑えきれていなかったが。

「……し、仕方ありませんね。それなら力尽くでやるしかないようです。出てこい！」

金田が声をかけると、物陰から数十人の男がのっそりと姿を現す。男たちは手に手に武器を持っており、全員、結構な手だれに見える。

「!!　ケンタ！　ケンゴ!?」

「「キョウコ」」

出てきた男たちの中には、一週間前に京子を見捨てたケンタとケンゴの二人がいた。

「おや、お知り合いですか？」

「「……」」

「ケンタ。『答えろ』」

「はい。こいつと昔一緒にパーティーを組んでダンジョンに潜ってたんです」

ケンタが金田の問いに答えると、金田が渋面を浮かべる。相手が探索者だと厄介だとでも思ったのだろう。

「ジョブは？」

「見習い僧侶です」

「……なるほど。なるほどなるほど」

金田は京子が見習い僧侶と聞いて安心したような顔をうかべる。そして、何かに得心が行ったように何度もうなずいた。

「見習い僧侶ですか。回復系の職業ですね。だから私の『隷属化』の効果が薄かったんですね。しかし、見習い職でも弾くとは。相性の問題でしょうか？　回復系のジョブの相手にスキルを使うのは初めてなので、盲点でした」

「隷属化？」

「そうですね。せっかくなので教えてあげましょう。私も探索者で『奴隷商人』のジョブについているんですよ。彼らは私のスキルを使って作った奴隷です」

金田がそう自慢そうにいうと、ここにいる探索者たちは金田の方を睨みつける。今にも金田に殴りかかりそうな様子だ。

だが、誰一人動くことはない。金田に隷属しているというのは本当なのだろう。

「私のスキルで言うことを聞かせられないなら仕方ないですね。力ずくでいうことを聞いてもらうしかありません。あまり商品が傷つくのは望ましくないのですが、私の奴隷にはいませんが、知り合いに僧侶のジョブの探索者がいます。死なない程度の魔法や打撲であれば彼に治してもらえば大丈夫でしょう」

「こんな場所で魔法スキルを使うことはできないんじゃないですか？　ほとんどが魔法使い系のジョブに見えますが」

出てきたものたちはほとんどが杖のような形状の武器を持っている。おそらく、魔法使い系のジョブなのだろう。魔法使い系のジョブはフィジカル面より魔力などのファンタジー方面の力が伸びる。彼らをここに呼んだ意味はないように思える。

「おやおや、知らないんですか。『ダンジョンＧｏ！』の効果はスキルなんかにも適用されるんですよ。火魔法は自然発火扱いになるし、水魔法は水漏れ事故として処理される。警察がどれだけ調べてもね」

「!!」

「どうです？　私に隷属する気になりましたか？　今ならまだ許してあげますよ？　お仕事だって、気持ちいいことをしてお金をもらうだけの簡単な仕事です。あなたも見習い僧侶なら、探索者がどれだけ強いか知っているはず。ここにいる探索者たちに袋叩きにされるのは嫌でしょう？」

「お断りします」

「そうですか。残念です。……やれ」

金田が指示をすると、探索者たちは一斉に京子の方に襲いかかってきた。

「うおぉぉぉぉ!!」

最初に京子に殴りかかったのはケンタだった。ケンタは金田の指示で妹を襲う手伝いをさせられていた。明るかった妹はあの日以来部屋から一歩も出てこなくなった。本当は悪いのは竜也の部下になってしまった自分だと気づいているが、誰かに罪をなすりつけないとどうにかなってしまいそうだった。

「お前のせいで、お前のせいでぇぇぇぇ!!」

続くようにケンゴの火魔法が京子に向かう。ケンゴもケンタのように祖母の家を窃盗に入る手伝いをさせられた。夜中の犯行だったが途中で祖母が起きてきてしまい、実行犯の一人がケンゴの祖母を殴り倒してしまった。ケンゴの祖母は今集中治療室で治療中だ。

他の探索者たちは京子に同情していたためか、初動が遅れてしまった。だが、二人は元々京子に恨みを持っていたので、迷わず攻撃に出た。

その様子を見て、金田はしまったという顔をする。殺してしまっては商品としての価値がなくなってしまう。

だが、金田の制止の命令が届く前にケンタとケンゴの攻撃が京子に届いてしまう。

「うらぁぁぁぁぁ!!」

——ドン!!

ケンタの剣が京子に突き刺さり、ケンゴの火魔法が爆炎を撒き散らしながらケンタごと京子を炎で包む。ケンタたちの恨みで力が上がったのか、爆発音が倉庫内に響く。

「バカが」

相当な威力の攻撃をしたのだろう。煙で京子とケンタの姿が金田からは確認できない。

「なに!?」

爆炎の中からケンタの驚いたような声が聞こえてくる。金田は何が起こったのかと訝しんだが、その答えはすぐにわかった。

爆炎の中から出てきたケンタの剣は一本の丸太に深々と突き刺さっていた。

「『木遁・身代わりの術』」

「!! 誰だ！」

金田は声のした方に振り向く。

「悪党に名乗る名前なんてねぇよ。仕返しが怖いからな」

そこには、京子を抱きかかえた黒ずくめの男が立っていた。

「京子、大丈夫か？」
「はい。サグルさんがずっとそばにいてくれましたから」
俺は朱莉から連絡を受けて、すぐに行動に移った。どこに行けばいいか分からなかったので、一瞬途方に暮れそうになったが、プライベートダンジョンのことを思い出した。
プライベートダンジョンは脱出の際、自分が元いた場所と同じかプライベートダンジョンの管理者がいる場所の二種類が選べる。俺はそれを思い出すと、すぐにプライベートダンジョンに潜り、京子のいるところに脱出した。予定通り、京子がのせられたバンに脱出することはできた。なぜか

車の屋根の上に出たので、しばらくの間、ハリウッド映画のように屋根の上に張り付いて走行する羽目になったが。

ただ、これは良かった点もある。車の中にいきなり出現すれば間違いなく見つかっただろうが、屋根の上なので誰にも気づかれなかった。おかげで、どうして京子が攫われたのか調べることができた。今後同じことが起きないようにどうしてこうなったのか調べる必要があったからな。

敵さんがペラペラと詳細を喋ってくれたので、状況もちゃんとわかったし。

どうやら、今回の誘拐事件には京子の親が関わっているとは。これは少しめんどくさそうだ
（しかし、京子の親も関わっているらしい。最近、毒親という話は聞くことがあるが、ここまで酷い親がいるとは思わなかった。

これは、当分の間は学校の送り迎えとかもした方が良さそうだな。車でも買うか？　営業で使うから、免許は持ってるんだよな。

「今日のサグルさん。すごく忍者っぽかったです」

「そうか？」

俺はできるだけ明るく京子に答える。忍者っていうより、ＮＩＮＪＡって感じだったけどな。

車の上に転送されたので、車が信号で止まった隙に俺は隠密のスキルを使って姿を隠し、車の中に潜入した。そして、中にいる一人を昏倒させて入れ替わったのだ。その時、忍者で手に入れたけど、全然使ってなかった『変化』のスキルを使った。京子にもその時に助けに来たと教えた。変化で声まで変わっちゃったから、信じてもらうまで少し時間がかかったが、しばらくすると、信じて

くれたらしく、だいぶ落ち着いたみたいだった。

(即席メンバーだったのか、誰にも気づかれなかったしな)

変化のスキルで変えられるのは見た目だけだ。性格や行動までは模倣できない。

いや、ある程度は模倣できるのだが、それには相手の観察が不可欠となる。バンの中の一瞬でそこまで観察することは不可能だった。

だが、京子をさらったメンバーたちはそこまで仲が良くなかったのか、一人入れ替わっても気づかなかった。そのためこうして、アジトまで障害がなく来られたということだ。

「ふ、ふふふ。かっこよく助けに来たつもりかもしれませんが、無駄な抵抗はやめた方がいいですよ？　この場所の周りには私の奴隷がたくさん配置されています。逃げられると思っているんですか？」

「そんなのやってみないとわからないだ、ろ？」

俺は京子を降ろすと、一気にケンタのそばまで移動する。

「な！　瞬間移動」

「普通に走っただけだ、よ！」

「がは！」

俺としてはできるだけ早く動いただけのつもりだったが、ケンタにはみえなかったらしい。俺はケンタを裏拳で吹き飛ばす。ケンタは吹き飛んでいき、壁にめり込む。

よし、生きてるな。

「げぇ!! ケンタ!」

「お前もだ!」

「ごぼはぁ!」

次にケンゴの下へと移動し、できるだけ手加減してアッパーを叩き込む。ケンゴは天井に突き刺さり、ぴくぴくと震えるアートに変身した。

こっちも生きてそうだ。

「な、なぁ!」

「ちょっと手加減が難しそうだが、なんとか殺さずに対処できそうだな」

「お前ら! 何してる! こいつを殺せ!!」

「!! 『火球(ファイアーボール)』」「『斬撃』」「『水球(ウォーターボール)』」「『突進』」

金田の周りにいた探索者が一斉に俺に向かって攻撃をしてくる。

(遅いな。Eランクダンジョンのモンスター以下だ)

探索者たちの攻撃はEランクのモンスターよりもゆっくりに見える。これなら回避するのは簡単だ。

俺は火球を紙一重でかわし、剣での攻撃を弾き返す。水球の軌道を曲げて火球とぶつけて相殺し、突進の攻撃はそのまま壁へと突っ込ませた。

「さて、さっさと終わらせますか」

俺は探索者たちとの戦闘を開始した。

「なにぃ⁉」

金田は目の前で起きたことが信じられなかった。

突然現れた男の一撃を受けた金田の部下はピクリとも動かない。金田からは生きているか死んでいるかすらわからなかった。

「……」

有利なのは金田たちの方だったはずだ。いや、まだ数では圧倒的に勝っているのだから金田たちの有利は揺るいでいない。

だが、目の前であっさりと倒された仲間を見て誰一人動けなくなっていた。

「は、はったりだ。何か特殊なスキルを使ったに決まってる！」

「‼」

そう叫んだのは金田が一番重宝している魔法使いの正田だった。

正田は金田のレベリングに何度も付き合わされているため、金田の部下の中で一番レベルが高い。

そのため、他の部下たちからも一目置かれていた。

「大技を使う。後藤！　佐々木！　時間を稼げ！」

「で、でも」

「無理ですよ！　正田さん！」

正田に時間を稼ぐように言われた後藤と佐々木は新入りでそこまでレベルも高くない。いくら二人とも盾職で防御力が高いと言ってもそう長い間時間を稼ぐことはできないだろう。

サグルの戦闘を見て腰が引けている今の状況ならなおのことだ。

「うっせぇ!!　殺されてぇのか！」

「ひぃ!!」

「わ、わかりました！」

「「うわぁぁぁぁぁぁ!!」」

どうやら、サグルへの恐怖より、正田への恐怖の方が勝ったらしい。

後藤と佐々木は雄叫びをあげてサグルへと突っ込んでいく。

「……」

二人のタックルは完璧なコンビネーションで、サグルはどう避けるか一瞬迷った。どう避けても攻撃を受ける気がしたのだ。

それもそのはずだ。金田は知らなかったが、後藤と佐々木は高校大学と同じラグビー部に所属していた。

二人とも卒業するまでレギュラーを務めており、そのコンビネーションには定評があった。

ジョブによってフィジカルが底上げされただけのサグルでは長年研鑽を積んだ二人のタックルを避けることはできなかった。

「「『シールドアタック』！」」

ズンと低い音がして後藤と佐々木の『シールドアタック』がサグルに決まる。

恐怖でいつも以上のコンビネーションが発揮されたためか二人の攻撃は完全に同時だった。

「な！」「へ？」

最初に異変に気づいたのは攻撃を決めた後藤と佐々木だった。

攻撃を当てた時の感覚がおかしかったのだ。

その感覚はラグビーでタックルを決めた時ともモンスターに攻撃を決めた時とも違っていた。

「「……」」

二人の背中に嫌な汗が流れるように感じた。

この感覚に二人は覚えがあった。

そう。これは昔ふざけてトラックにタックルをしてみた時と同じ感覚。

顔をあげてみると、後藤と佐々木の敵は涼しい顔をしていて立っていた。

……あの時のトラックと同じで、一ミリも動いていない。

「……」

サグルはスッと手を後藤と佐々木の構える盾に触れさせる。

「『掌打』」

「「ガッ！」」

そして、サグルがスキルを発動すると、二人の盾は砕け散り、二人はトラックにはね飛ばされたように吹き飛んでいく。

それは圧倒的な実力差を感じさせた。

反乱防止のため、レベリングさえまともに行えていなかった二人とスタンピードさえ乗り越えたサグルとの間にはフィジカルに大きな差があった。

それこそ、小手先の技術では超えられないくらいに。

「『……我が敵を焼き尽くせ！　フレアバースト』！」

だが、二人はその役割を十分に果たした。

二人が時間を稼いでいるうちに正田の詠唱が完了し、魔法スキルが発動したのだ。

『フレアバースト』は広範囲を焼き尽くす炎攻撃だ。魔法使いのジョブの中では一番の攻撃力と攻撃範囲を誇る。Ｅランクダンジョンではオーバーキルとなるため、正田もボス戦以外でこのスキルを使うのは初めてだ。

だが、広範囲攻撃により、ウサギ型のボスでも避けられないため、ボス戦では重宝していた。

今だってサグルがいたあたり一帯が火の海となっている。

「や、やったか？」

後藤と佐々木は相手の攻撃で吹き飛ばされたため、ギリギリ攻撃の範囲外にいるが、中心にいたサグルが避けられたとは思えない。

だが、それが甘い考えだとすぐに思い知らされることになった。

「な⁉」

爆炎が晴れると、そこには無傷のサグルが立っていた。

ダメージが入っているようには見えない。

「ひ、ひぃぃぃぃぃぃ！」

それを見て、金田はサグルに背を向けて全力で逃げ出した。

＊＊＊

「はぁ。はぁ。くそ！　なんなんだよあいつ！」

金田は一人、廃倉庫から必死に逃げていた。自分の奴隷たちがボーリングのピンのようにあのおかしな男に弾き飛ばされている様子を見ていると、勝てないのは明らかだった。

金田は周りにも部下を隠していると言っていたが、金田の部下はあの場所に全員いた。おそらく、一分としないうちに制圧されるだろう。そのうちにできるだけ遠くに逃げないと。

「はぁ。はぁ」

金田は後ろを振り返る。後ろから、あの男は追ってきていないようだ。どうやら逃げられたようだ。

金田のつく奴隷商人というジョブは他者を支配下に置く『隷属化』というスキルを持っているが、基本的に自分よりランクとレベルが下の相手にしかきかない。相手が精神的に弱っていたりしたら同ランクで少しだけレベルが上の探索者にも効く場合があるが、自分より上のランクの相手にはまず効かない。ジョブのクラスが上の相手になんて、手も足も出ない。

そのため、金田の配下は見習い職の探索者ばかりだった。それでも、あんなふうに簡単に倒されるなんて異常だ。

「なんであんな上級探索者が出てくるんだよ！　くそ！」

間違いなくあの男は上級探索者だろう。

なぜあの男が出てきたのか推測はできる。おそらく、京子が体で釣ったのだろう。

「くそ、あの淫売が！」

その瞬間、目の前に——

「……」

「ひぃぃぃぃ！　ごめんなさい！」

金田は目の前に現れた男に思わず謝る。

だが、その相手が、自分の奴隷の一人だと気づくと、ほっと胸を撫で下ろす。

「なんだお前か」

「お前、どうしてこんなところにいるんだ？　俺はあの男を襲えと言ったよな？」

「……」

「まあ、ちょうどいいか。お前。『俺の護衛をしろ』」

金田はそう命令して歩き出す。先ほどより少しだけ気分が回復していた。あの男に対しては肉盾にしかならない相手でも、いないよりはずっといい。

それに、これまで竜也にもらった部下を今回の作戦で全部失ってしまった。

竜也は相当キレるだろう。だから、竜也の元には戻れない。この男は確か、奴隷の中で強い方だったはずだ。こいつを使って当面を凌ぎつつ、ほとぼりが冷めるのを待てばいい。竜也は公安にマークされたって話だし、時間をおけば竜也が消えてくれるという可能性もある。

その間にまた奴隷を増やしていけばいい。見習い職の探索者なんてたくさんいるのだから。

「……おい、どうした？」

そこで、金田は後ろに奴隷がついてきていないことに気づき振り返ると、奴隷はさっき立っていた場所から動いていなかった。

「『早くついてこい』」

「……」

命令をすると奴隷の男はゆっくりと金田の方に近づいてくる。早く逃げたい金田は男の悠長な様子に苛立ちを覚えた。

すると、男はゆっくりと口を開く。

「……ダンジョンに潜らないんですか？」

「ダンジョン？」

「一度ダンジョンに潜ってすぐに脱出すれば、一定期間は敵に見つからなくなるはずです」

それは竜也がやっていたエスケープ手段だった。金田はいつも実行犯にはなっていなかったため、すっかり失念していた。

竜也は用心深く、倉庫の周りにはいくつものダンジョンが作ってあった。だから、いつでも逃げられたのだ。

「い、今やろうと思っていたところだ！」

「そうですか」

男は手早い手つきでパーティー申請を金田に送ってくる。金田がパーティーの申請を許諾すると、今度はダンジョンへの突入の申請が飛んできた。

パーティーリーダーがダンジョンに潜ろうとすると、パーティーメンバーにも同じダンジョンに潜るかの確認が飛んでくるようになっていた。

Fランクダンジョンが近くにあったのに、何故かEランクダンジョンだったことが気になったが、どうせすぐに脱出するのだ。どちらでも一緒だろう。

金田は男と一緒にダンジョンに潜った。

「よし。早く脱出するぞ」

「……いや、脱出する必要はない」

「な、何？」

「この時を待っていた」

奴隷の男は背中に背負った大剣を引き抜く。金田は男のただならぬ様子に一歩後ずさる。

「お前の支配から脱したのは少し前だが、復讐の機会を窺っていて正解だった。いくら俺よりも弱い見習い職の探索者とはいえ、たくさんいれば対処し切れないからな」

「何！」

金田はそう言われて初めて気づく。金田と奴隷との間にある魔力的な繋がりが男との間には感じられない。

「お前、まさか！」

「あぁ。そうだよ。ランクアップしたんだ。ここまで長かったがな。ソロでダンジョンに潜るのは大変だったんだぞ？」

金田は一瞬で状況を理解した。目の前の男はソロでダンジョンに潜り、レベルを上げ、金田以上のランクに上がることで金田の支配下から脱してしまったのだ。つまり、この男には金田の命令が効かない。しかも、目の前の相手は金田が今まで虐げてきていた相手のため、金田のことを相当恨んでいる。

「っ！」

金田は男に背を向けて全力で走り出した。

「あ？」

だが、二歩目を踏み出そうとした時、金田は転んでしまう。

「⁇」

金田が訳もわからず自分の足を見ると、右足の膝から先がなくなっていた。

「あ、足ぃぃぃぃぃ！　俺の足ぃぃぃぃぃ‼」

「ははは」

「グベェ」

男は大剣の平たい部分で金田の顔面を殴り、吹き飛ばす。金田は前歯が何本か折れたのか、口と鼻から盛大に出血していた。

「ハハハハハハハハハ」

男は笑いながらゆっくりと金田に近づいてくる。

「たひゅ。たひゅけへ」

金田の言葉を聞いて、男の顔から表情が抜け落ちる。

「お前が俺たちのことを助けてくれたことがあったか？」

「ひょ、ひょへは」

「なかったよなぁ!!」

「ぎゃぁぁぁぁぁぁ！」

男の大剣が金田の腹に突き刺さり、金田を地面に縫い止める。

「お前は！」

「グギェ！」

男は一度引き抜いた大剣を再び金田に突き刺す。

「俺たちに！」

「ガ！」

「色々と！」

「ヤ！」

「無茶な！」

「ベ！」

「命令を！」

「ヤベ！」

「して！」

「ヤベヘ！」

「失敗！」

「マ！」

「したら！」

「まっへ！」

「何度も！」

「ゴ！」

「何度も！」

「ベ！」

「蹴って！」

「ごべ！」

「殴って！」

「ごべんなひゃい！　ごべんなひゃい!!」

金田が渾身の力を振り絞り、謝罪の言葉を発すると、男のふるう剣が一瞬止まる。

「……」

金田が期待のこもった目で男を見上げると、男は憤怒の表情で大剣をおおきく振りかぶっていた。

「ヒィ！」

「許せるわけ！　ないだろ！」

「ぎゃぁぁぁ！」

金田の悲鳴が止まった後も、ザクザクという音が人のいないダンジョン内に響き続けていた。

【今日も元気に】探索者情報共有掲示板３１０【ダンジョン♪ダンジョン♪】

１：名前：名無しの探索者
ここは『ダンジョンＧｏ！』ユーザーの情報共有掲示板です。

謎パワーによって一般ぴーぽーは見つけられないので、安心して書き込みましょう。

称号の取得方法や効率的なモンスターの倒し方など有益な情報の共有をしましょう。

ここで嘘や煽りなどはお控えください。

こう言っても、嘘や煽りをする探索者はたくさん出るので、話半分で聞くように心がけてください。

326：名前：名無しの探索者
なんか、品川で探索者同士が抗争を起こしてるみたいなんだけど、誰か詳しく知ってるやついる？

327：名前：名無しの探索者
>>326
何それ！　詳しく!!

328：名前：名無しの探索者
>>327
いや、詳しくは俺も知らん。
俺は本業でテレビ関連の仕事をしてるんだが、今日、品川の廃倉庫で火災があったらしくて、取材に行ったんだけど、明らかに戦闘後っぽくなってるのに、周りの取材陣が事故って受け入れてたから、これはダンジョン関係だなと。

329：名前：名無しの探索者
>>328

あー。それは探索者同士の戦闘だな。
ダンジョン外でも探索者がスキルを使って残した爪痕は謎パワーで事故として処理されたりするんだ。

330：名前：名無しの探索者
＞＞329
えぇ！　じゃあ、探索者がダンジョン外でスキルを使って殺人を犯したりしたら事故として処理されるんですか!!

331：名前：名無しの探索者
＞＞330
いや、流石にそれはない。
殺人は殺人で普通に処理される。
ただ、凶器が見つからなくても不思議に思われなかったりするらしいが。

332：名前：名無しの探索者
＞＞330
殺人とか、万引きとか、犯罪系は普通に罪を犯したことになるぞ。

建物も燃やせば犯人捜しをされる。

今回みたいな持ち主不明の廃倉庫の場合、不審火で処理される場合が多いけど。

出火元も特定出来ないし。

今回も、不良のタバコの不始末とかになるんじゃないだろうか？

殺人はダンジョンに誘い込んでからそこで殺せば交通事故扱いになるから、誰かを殺したい場合はその方法が取られるな。

この方法は探索者同士じゃないと取れないけどな。

333：名前：名無しの探索者
＞＞332
マジか！　今度から知らない人に誘われても、ホイホイダンジョンについていかないようにするよ!!

334：名前：名無しの探索者
＞＞333
いや、知らない人に誘われて、ホイホイダンジョンについていくなよ。
危ないから。

335：名前：名無しの探索者
＞＞334
だって、レベリング付き合ってくれるって言うから。
報酬だってちょっとデートに付き合ってあげるだけでいいって言うし。

336：名前：名無しの探索者
＞＞335
あぁ。たまにいるよな。レベリング手伝うって言う出会い厨。
って言うかあなた、女性ですか。
危ないのでチャラチャラしたやつにはついていっちゃダメだよ？

337：名前：名無しの探索者
＞＞336
女性と分かった瞬間、態度変わってて草

338：名前：名無しの探索者
＞＞326
話を戻すが、品川の廃倉庫は竜也が根城にしていたはずだから、竜也が何かやったのかも。

３３９：名前：名無しの探索者
>>３３８
そういう情報を待ってた。
そうか、竜也関係か。

３４０：名前：名無しの探索者
>>３３８
竜也が上級探索者の関係者にでも手を出したか？

３４１：名前：名無しの探索者
>>３４０
竜也ざまぁぁ！
あいつは手当たり次第に手を広げてたからな。
そういうこともあり得るかもしれない。

３４２：名前：名無しの探索者
>>３４１

いや、傍観もしてられないぞ？
本格的な抗争に発展したら、俺たちも巻き込まれるかもしれないからな。

343：名前：名無しの探索者
＞＞342
いや、竜也の組織って、ほとんど見習い職だし、上級探索者がいなかったはずだから、相手が上級探索者だと抗争にならないんじゃないか？
竜也だってDランクダンジョンの攻略は結構やってるけど、Cランクダンジョンには潜ってなかったから上級探索者じゃないはずだし。
逆に相手がEランクやDランクレベルの探索者なら竜也側が圧勝するだろうけど。

344：名前：名無しの探索者
＞＞343
それもそうか。
竜也は最速ダンジョン踏破者の称号を失ったとはいっても、上級探索者を除けば結構上の方にいるからな。

345：名前：名無しの探索者

＞＞339
ちょっと確認してみたけど、竜也が本拠地としてる廃倉庫じゃなかった。
竜也はまだ動いていないと思う。
でも、溜まり場の一つにしてるところだな。
だから、竜也の関係者が関わってはいると思うが。

346：名前：名無しの探索者
＞＞345
あれ？
竜也の関係者登場？
その割にはかなり落ち着いてるけど。
抗争中じゃないの？

347：名前：名無しの探索者
＞＞346
俺は竜也の関係者じゃないぞ？
まあ、信じてもらえなくても別にいいが。

348：名前：名無しの探索者
＞＞347
竜也の関係者じゃないけど、竜也に詳しい。
あ（察し）

349：名前：名無しの探索者
＞＞347
やっぱり政府の探索者組織が動いてるっていうのはほんとだったか。
と言うか、政府の探索者組織もこの掲示板覗いてるんだな。

350：名前：名無しの探索者
＞＞349
何か勘違いされてるみたいなので、後半は否定しておく。
俺は本業で警察官やってる探索者だ。

351：名前：名無しの探索者
＞＞350
そんなこと言っちゃって、特定されない？

大丈夫？

３５２：名前：名無しの探索者
＞＞３５１
心配サンクス。
俺以外にも警察官の探索者はかなりいるから大丈夫だぞ。
探索者と警察官は相性がいいのか、結構な数探索者がいる。
俺のパーティーも全員警察官だし。

３５３：名前：名無しの探索者
＞＞３５２
警察官はストレス多そうだからな。
探索者になるのは強いストレスを受けてる人間だって話だ。
旧家の人たちは試しの儀として無茶苦茶強いストレスがかかる試練を受けさせられて『ダンジョンＧｏ！』を発現させてるらしい。
俺も受けさせられた。
もうあんなこと二度としたくない。

354：名前：名無しの探索者
＞＞353
ゲェ！　そうだったのか!!
じゃあ、うちの会社に兼業探索者が多いのって……

355：名前：名無しの探索者
＞＞354
まあ、おそらくそうだろう。
そんな会社、さっさと辞めてしまうことをお勧めする。

356：名前：名無しの探索者
＞＞355
助言サンクス。
パーティーメンバーと相談して辞表書くわ。

357：名前：名無しの探索者
＞＞356
それがいい。

あと、従業員が辞めるときは辞表じゃなくて退職願な。
辞表は役員が辞める時に書くもんだ。
テンプレがネットに載ってるからそれを丸パクリで大丈夫だそうだぞ。

358：名前：名無しの探索者
＞＞356
退職代行とかにお願いすると楽だぞ。
俺はお願いした。

# 第六章　気分が落ち込んだ時は餃子！

『昨日、品川区にある廃倉庫で火災が発生しました。幸い、火はすぐに消し止められたため、死傷者は出ていません。周りの建物からも離れた位置にあった倉庫であり、周辺住民への被害はありませんでした。その倉庫は長く使われていませんでしたが、周辺の不良の溜まり場になっていたらしく、タバコの消し忘れなどが発火の原因と見て、警察は捜査を続けています。次のニュースです。今朝未明、品川区の交差点で交通事故が発生しました。遺体の損傷が激しく、現在身元を調査中とのことです。……』

「本当に事故になるんだな」

「本当ですね。驚きです」

途中から周りの被害を考えずに戦ったため、探索者の一人が使った火魔法が倉庫に燃え移り、火事になってしまった。古い倉庫だったためか、中に置いているものが悪かったのか、火はすぐに燃え広がり、個人では消火できない規模の火事になった。

そうなってから、後悔したが、後の祭りだ。俺は、探索者たちが死なないように急いで外に運び出す羽目になった。チンピラ連中でも流石に見殺しにするのは心が痛い。

結局、倉庫は全焼してしまったらしい。

壁に穴が開いていたり、不自然な斬撃跡が残っていたり、明らかに戦闘したとわかる状態だったはずだが、倉庫は事故による火災ということで処理されたようだ。

「しかし、あの金田とかいう奴を取り逃しちゃったのはちょっと痛いな」

「あの人が私を襲ってきたグループのリーダーっぽかったですからね」

俺は焦って昏倒した探索者たちを外に運び出したのだが、その中に金田の姿はなかった。おそらく、逃げてしまったのだろう。今までダンジョンの中で向かってくる敵の相手ばかりしていたので、敵が逃げるのに気づかなかった。

あの金田という男が今回の襲撃を指示しているようだった。あいつをなんとかしないと、根本的な解決にはならないだろう。

あいつは奴隷商人という特殊なジョブについているようだったし、仲間を集めてくるのはすぐにできそうだ。まあ、結構制限がありそうなので、そこまで早く集められないかもしれないが。

「なんにしても、京子が無事でよかった。朱莉には感謝しないとな」

「アカリちゃんにも心配をかけてしまいました」

「京子の無事を泣いて喜んでたからな」

朱莉からの連絡がなければ、俺はここまで迅速に動くことができなかった。京子が帰ってこないことを不審に思っただろうが、気付いたのはおそらく二、三時間後になっただろう。そうなってしまえば、京子は無事だったかどうかわからない。

それに、家族でもない俺が学校に問い合わせるわけにもいかない。何が起きたのか調べるのは相当大変だっただろう。

本当に攫われた時朱莉が一緒にいてよかった。朱莉としては怖い思いをしただけだったかもしれないが。

朱莉は、京子が無事に戻ってきたと連絡すると、もう九時過ぎにもかかわらず、俺の家にすっ飛んできて、京子に抱きついてオンオンと泣いて京子の無事を喜んでくれた。

泣き疲れて寝てしまったので、俺は朱莉を家まで運んでやることになった。眠った女の子を背負って歩く様子は相当に不審だったと思う。

京子が隣にいなければ職質をかけられていたことは多分間違いない。

やっぱり車は必要だな。

「当面、京子の送り迎えはやるよ」

「!! ありがとうございます」

本当は警察とかに相談した方がいいのだろうが、社会的にいうと京子は家出少女で、金田の方は京子の親の許可を得ている。おそらくこちらに分があると思うが、お役所仕事はこういうとき、どっちに振れるかわからないからな。弁護士の知り合いとかがいたら相談するのだが、いちフリーターの俺にそんなものはない。会社員の時に付き合いのあった弁護士さんとも完全に縁が切れてるし。

「とりあえず、金はあるし車、買うかな。でもすぐには手に入らないんだっけ？」

「そうなんですか？」

「ナンバープレートを取得したりとか、色々と手続きがいるんだよ。車って事故ったら死人とかが出るから」

「確かに、結構危険ですもんね」

当分は徒歩で送り迎えかな。正直、女子校の前で一人で京子が出てくるのを待つのは一種の拷問だと思うが、仕方ない。

いや、カーシェアでなんとかなるか？　確か、昔申し込んだ契約は切れてなかったはず。

カーシェアって色々と便利なんだよな。いろんなところで簡単な手続きで借りられるし、出先でカフェとかが見つからなかった時、オフィスがわりにも使える。

確か、近くにカーシェアのステーションもあったはずだし、むしろ、車は買わずにずっとカーシエアっていうのもありか？　車って持ってるだけで駐車場代がかかったり、車検代がかかったり、結構金食い虫だからな。

いや、流石に毎日送り迎えをするなら、自家用車の方が安くつきそうだな？　現状だと、お金のこととかそれほど気にする必要はないはずなんだが、貧乏性っていうのはなかなか抜けないな。

「……」

「？　どうかしたか？」

俺が車を買う必要があるかを真剣に考えている横で、京子も何かを真剣に考えているようだった。考え事をしているなら、本来声をかけない方がいいんだろうが、切羽詰まったような顔だったので、思わず声をかけてしまった。

「私、母親に会ってこようかと思うんです」

「え?」

京子の突然の提案に俺は素っ頓狂な声をあげてしまった。

「本当に一人で大丈夫か?」

「はい。サグルさんはここで待っていてください」

「わかった。何かあったらすぐに呼んでくれ」

「わかりました」

京子はサグルと一緒に実家まで戻ってきていた。築十数年の少し古びたマンションの一室が京子の実家だ。

京子は慣れた手つきでエレベーターに乗り、自分の実家のある階へと移動する。そして、いつもと同じように実家の扉を開く。

鍵はかかっておらず、扉は簡単に開いた。扉の先には見慣れた廊下が広がっていた。

「やっぱり、掃除してないのね」

だが、その廊下にはゴミや衣服が散乱しており、足の踏み場もない状況だった。家の掃除は主に京子が行なっていた。京子がいなくなればこうなることは分かりきっていた。

京子は自分が使っていた部屋の前を通り過ぎ、リビングの扉を開く。すると、リビングの椅子に座っていた女性が怯えるように京子の方を見てくる。

「!!　なんだ、あんたか」

「……」

その女は京子の母親だった。

京子の母親は京子の顔を見て、安心したように椅子に座る。それは明らかに怯えている何かでなかったことに対しての安堵(あんど)であり、娘が帰ってきたことに対する安堵ではなかった。

「今までどこ行ってたのよ。あんたが掃除しないから部屋が散らかり放題になってるじゃない。ちゃんと掃除しておいてよね」

「……」

京子の母親はいつものように京子に命令してくる。京子は自分の心が明らかに冷めていくのを感じていた。

「それから――」

「お母さん。私を水商売の店に売り飛ばしたって本当？」

「!!」

京子が母親のセリフを遮るように質問を投げかけると、母親の体はびくりと震える。母親は焦ったように髪の毛の先をいじり出す。これは母親が何かを誤魔化そうとしている時の癖だ。

どうやら、金田という男が言っていたことは本当のことだったらしい。

京子の中で何かが音を立てて崩れ去っていった。それがなんだったのかはわからないが、大切なものだったと思う。

世界が歪み、立ちくらみのような感覚を受け、倒れそうになる。

（サグルさん）

倒れそうになる京子の頭の中に、サグルの不器用な笑顔が浮かぶ。なんとなく、世界が彩りを取り戻したように思う。

ちゃんと終わらせてサグルの元に帰らないと、サグルに迷惑がかかってしまう。

ここで母親と決別することで金田たちに追われているという今の状況が変わるわけではない。だが、京子の中で区切りをつけることはとても重要なことだった。

京子は震える体を叱咤（しった）して、前を向いた。

京子にはもう目の前の女が汚らしい何かにしか見えなかった。

「本当だったみたいだね」

「あんた、なんでそれを……」

京子は母親だった相手にたいして、深々と頭を下げる。

「今までお世話になりました。顔も見たくないので、私は二度とこの家には帰らないことにします」

「な！」

「もう二度と会うことはないと思いますが、お元気で」

「ちょ、な！　この恩知らずが！　育ててもらった恩も忘れて！」

京子はそう言い残すと、母親に背を向けて歩き出す。こんな場所にはもう一秒もいたくなかった。

京子に向かって投げつけられる罵声に背を押されるように京子は自分の家を後にした。

◇◇◇

「えーっと。おかえり」

「……サグルさん？」

幽鬼のような足取りで京子が自分の家から出てきた。そして、俺のことを見て不思議そうな顔をする。

マンションの外で待っているはずの俺が自分の家の前まで来ていたのだから、驚くのも当然か。

俺は気になって部屋の前まで来てしまっていた。

部屋の前まで来て正解だったと思う。京子が家の中にいたのは数分程度の時間だったが、家から出てきた京子は今にも倒れてしまいそうに見える。

もしかしたら、衝動的にこの階の廊下から身を投げてしまっていたかもしれない。流石にそんなことはないと思いたいが、ありえないとは言い切れないような表情だ。

「大丈夫か？」

「サグルさん！」

「うわ！」

京子は俺の胸の中に飛び込んでくる。

「うぁぁぁぁぁ！」

「えぇ！」

京子は俺の胸の中で大声をあげて泣き出してしまった。俺はどうしていいかわからず、オロオロとしてしまう。

（こういう時、どうしたらいいんだ⁉　確か、アニメとかでは頭を撫でたりしてたけど、通報されたりしない？）

俺の中に「ただしイケメンに限る」という一文が流れた。かといって、他にできることもない。直立不動の姿勢というのもなんかおかしい気がするし。

（えーい！　ままよ！）

恐る恐る京子の頭に手を乗せる。京子は一瞬びくりと震えたような気がしたが、拒絶している様子はない。俺はそのまま優しく京子の頭を撫でる。

柔らかい髪の毛の感触がすごく気持ちいい。めっちゃキューティクルですわ。いつまでも撫でてられる。

（じゃなくて）

俺は女の子ってどうしてこんなに可愛いんだろうというどうでもいい思考を放り投げ、できるだけ優しい言葉を京子にかける。

「大丈夫。大丈夫だから」

「うぅ。うぅぅぅ」

俺は京子が泣き止むまで京子の頭を優しく撫で続けた。

＊＊＊

「もう大丈夫か？　いや、大丈夫なわけないか」

「……いえ。もう大丈夫です」

三十分ほどして、京子は泣き止んだ。二度ほどご近所さんが通り過ぎていき、すごい目で見られてしまったが、京子の家から母親が出てくるということはなかった。

「とりあえず、車に戻るか」

「はい」

俺は京子を連れて、自分の車へと移動する。車に乗るまでの間、京子は一言も喋らなかった。

（何を話しかけたらいいんだ？）

俺は、どうすればいいのか分からなかった。俺のコミュニケーション能力ははっきり言って低いのだ。

落ち込んでる女の子への声のかけ方なんて、俺の会話テンプレートの中に存在しない。かと言って、今の沈黙も結構きつい。

「……サグルさん」

「ひゃい！」

いきなり声をかけられたので、変なところから声が出てしまった。ひゃいってなんだよ、ひゃいって。

「……くすくす」

京子は少し驚いたような顔をした後、おかしそうに笑う。

(あ。笑った)

俺はふっと胸を撫で下ろす。京子が笑顔を見せてくれたなら、バカみたいな声を出した甲斐があるというものだ。いや、意図して出したものではなかったですが。

「くすくす」

「笑いすぎじゃないか?」

「ごめんなさい。でも、ひゃいって、ひゃいって……」

「悪かったよ。変な声出して」

京子は押し殺したような笑いを続ける。どうやらツボに入ってしまったらしい。

それにしても、笑いの沸点低くないですか?

(いや、それだけ緊張してたのかもな)

緊張した状態だと、笑いの沸点は低くなると聞いたことがある。

人間は緊張がほぐれた瞬間が一番笑いやすいらしい。重要な会議とかだと、くだらない親父ギャグでも笑ってしまうし、怖い先生の前だとちょっとしたことで噴き出してしまったりする。テレビなんかでもそれを利用して笑いを取ったりしてるそうだ。

「何か美味しいものでも食べに行くか?」

「そうですね。行きましょう! サグルさんは何か食べたいものとかあるんですか?」

「そうだな。……餃子とか？」

「餃子……」

しまった。女の子相手に餃子は失敗だったか？

落ち込んだ時はにんにく料理とかが良いってネットかどこかで見たから提案してみたのだが。にんにく料理に女の子を誘うのはダメだというネット記事も見たことがある気がする。

「いいですね！　餃子！　この辺に美味しい中華のお店とかありましたっけ？」

だが、俺の失敗を気にせず、京子は乗ってきてくれた。心なしかその目はキラキラしている。

もしかしたら、餃子とか好きなのかも。

（……そういえば、俺の好きな料理はカレーとハンバーグって教えたけど、京子の好きな料理とか聞いてなかったな）

京子とは色々と話をしたが、好きな料理についてとか、聞いたことがなかった。主にうちの台所は京子が支配しているため、俺が料理を作ることはあまりないと思う。

気づけばいろんなものが増えていたり、調理道具の置き場所が変わってたりしたからな。勝手にいじると怒られそうだ。

でも、こうやって外食に誘ったり、たまに俺が料理を作ったりもするかもしれないし、京子の好きな料理とかも聞いておいた方がいいかもしれない。

車での移動中にでも聞いてみるか。

「……せっかく車を借りたし、宇都宮あたりまで行くか？」

今日、俺はカーシェアで車を借りていた。帰りに京子がどうなっているかわからなかったので、電車よりも車のほうがいいと思ったのだ。

地図検索して、京子の家のすぐそばにコインパーキングがあることはわかっていたし。

結果から言うと、車で来て正解だったと思う。

今日は京子は学校を休むと朱莉が学校に連絡しているはずだ。それに、ダンジョンに潜るつもりもない。

そのため、今はかなり時間に余裕があるのだ。

じゃあ、餃子の本場に行くべきだろう。

餃子といえば宇都宮。宇都宮といえば餃子だ。

「いいですね！　宇都宮！」

「よし、じゃあ、行っちゃうか。宇都宮」

俺は手早くカーナビをセットして宇都宮へのルートを検索する。大体ここから二時間くらいかかるらしい。意外と遠いね宇都宮。

今いるところは東京で、宇都宮は栃木なんだから、遠くて当然か。道路の状況にもよるが、着く頃にはいい感じにお昼時になってるだろう。

「行きましょう！　しゅっぱーつ！」

「しゅっぱーつ！」

京子は車の進行方向を指差しながら元気に号令をかける。

カラ元気だと思うがカラ元気も元気のうちだ。落ち込むよりはずっといいだろう。

俺は車を出発させた。

「……それでお前らはおめおめと帰ってきたってわけか？」

「はい」

品川区にある廃倉庫。京子が攫われた倉庫とは少し離れた場所にあるその場所は竜也が本拠地としている場所だった。

金田の部下だった者たちは竜也に事の顛末を報告するため、その場所に来ていた。数は半分ほどに減っている。

金田が独自に集めた者たちや、金田の惨殺死体を見て、怖くなって逃げ出した者がいたためだ。

だが、大半の者がこの場所に来ていた。彼らには他に行く場所がなかったからだ。

彼らの多くが金田の下で犯罪行為に手を染めていた。中には警察に追われている者もいる。

そんな彼らがいられる場所は、同じ犯罪者である竜也の下だけだった。

居場所のない者たちでも半数が逃げてしまうほど、金田の最期は酷いものだったということでもあるのだが。

「!!　ふざけんな!!」

「「「ひぃ!!」」」

竜也が殴りつけると、竜也のそばにあったテーブルが粉砕した。文字通り粉砕である。

いつものようなパフォーマンスの怒りではなく、心の底から怒っている。

金田の部下たちは自分たちのボスである竜也も上級探索者であることを思い出した。そんな竜也が使い勝手の良かった部下の金田を失って憤りをあらわにしている。もしかしたら、殺されてしまうかもしれない。

金田の元部下たちは体を硬くした。

「……っち。仕方ねぇ」

机を粉砕して少し気が晴れたためか、金田の元部下たちの怯えた様子を見て優越感を味わったためか、竜也は落ち着きを取り戻して、椅子に座り直す。

「お前ら、その京子ってやつの母親を攫ってこい」

「え？」

「……京子ってやつは近くに上級冒険者がいて攫えないんだろ？　なら、娘を売った母親に払った分の金を返してもらわないとダメだろ」

探索者はいくらいびってもダンジョンを産まないということを竜也は実体験で知っていた。京子が探索者であるなら、竜也にとってはほとんど興味のない相手だ。

母親より京子の方が稼げるかもしれないが、金ならダンジョンに潜っていくらでも稼ぐことができる。それに、金田のような奴隷商人だって、何人かの探索者を商人にしてダンジョンに突っ込めばそのうち手に入るかもしれない。

そう考えると、今回の被害はそれほどないということになる。

竜也はだんだんと冷静さを取り戻していた。

「で、でも」

「なんだぁ!?　できねぇのか！」

竜也は椅子の肘掛けの部分を握り潰す。

「ひぃ！　やれます！」

「なら行け！」

「はいぃぃぃぃ！」

あいつらの中からどいつを見習い商人にしてダンジョンに入れるか。そんなことを考えながら、竜也は逃げるように倉庫から出ていく男たちの背中を見送った。

「さて、次はどうするか？」

竜也は配下たちが出て行った部屋の中で独り言を言う。

京子の母親を攫ってくることはできるだろう。だが、もしかしたら、また上級探索者が妨害に来るかもしれない。

娘を売るような母親を、売られた娘が助けに来るとはあまり考えられないが。

だが、もしダメだった時のために次の手を考えておいた方がいいだろう。

竜也は近くにあった棚から書類ケースを取り出す。その書類ケースにはファイリングされたたくさんの書類が入っていた。それは、半グレとして竜也が追い詰めている者たちのリストだった。

竜也は半グレになる前のブラック企業の社員時代からの習慣で作戦などを書類にまとめる癖があった。竜也の作戦の成功率が高い秘訣だ。

ブラック企業に勤めていた時のことは嫌な思い出ばかりだが、この習慣は役に立つので、続けていた。

「さて、次はどいつにするか」

竜也が書類を取り出すと、一枚の書類がぱさりと地面に落ちる。

「こいつは」

その書類には、つい最近まで追い詰めていた会社の社長の名前が書かれていた。その社長はもう少しでダンジョンが生まれそうというところまで追い詰めたのだが、借金返済のためにマグロ漁船に乗っていってしまった。

流石にマグロ漁船にまで追いかけていくことはできず、結果的に失敗に終わった案件だ。まあ、漁船が帰ってくれば貸した金の一万倍以上の金が返ってくるだろうから、半グレ組織としては成功の部類に入るのだが。

「……いや、待てよ？　こいつには家族がいたはずだな？」

この男には確か、妻と娘がいたはずだ。離婚もしており、法的にはその家族に借金を取り立てに行くことはできない。だが、竜也たちは元々半グレ組織だ。

法律的にどうかなんて関係ない。

「あった。こいつらだな」

竜也は書類をめくり、その男の家族の情報を確認する。その男には美人な妻と、可愛い高校生の娘がいた。

半年のゴタゴタで、その二人は他の親族から絶縁されているらしく、孤独な状況のようだ。しかも、今はセキュリティの低いボロアパートの一室に住んでいるらしい。

これなら追い詰めるのは容易だ。

「よし、こいつらにするか」

竜也が満足げに見下ろす書類には有村朱莉の名前が載っていた。

【わーたし】探索者情報共有掲示板３３４【探索者！】

１：名前：名無しの探索者
ここは『ダンジョンＧｏ！』ユーザーの情報共有掲示板です。

謎パワーによって一般ぴーぽーは見つけられないので、安心して書き込みましょう。

称号の取得方法や効率的なモンスターの倒し方など有益な情報の共有をしましょう。

ここで嘘や煽りなどはお控えください。

こう言っても、嘘や煽りをする探索者はたくさん出るので、話半分で聞くように心がけてください。

700：名前：名無しの探索者
最近、東京のいろんなところでEランクのダンジョンが攻略されてるみたいなんだけど、理由知ってるやついる？

701：名前：名無しの探索者
＞＞700
理由はよくわからんが、多分、Dランクダンジョンに潜ってたパーティーで何かあって、一時的にEランクダンジョンに潜ってるんじゃないかともっぱらの噂だ。

702：名前：名無しの探索者
＞＞701
Dランクダンジョンに潜るような上級探索者に何があればEランクダンジョンに潜らないといけなくなるんだよ？

703：名前：名無しの探索者
＞＞702

パーティーから斥候系のジョブがいなくなったんじゃないか？
パーティー解散か、死亡か、はたまた、引退したのかはわからないが。
あと、上級探索者は主に、Cランク以上のダンジョンに潜ってるパーティーのメンバーを指すから、Dランクダンジョンに潜ってたと思われる例のパーティーは上級探索者とは言わないぞ。

704：名前：名無しの探索者
＞＞703
斥候系のジョブが居なくなったからってダンジョンに潜れなくなったりするんですか？
僕たちのパーティーは斥候職が元々いませんが、問題なくダンジョンに潜れてますよ？

705：名前：名無しの探索者
＞＞703
斥候系って盗賊とかのジョブのやつだよな？
あのジョブ役に立つか？
たいして役に立たないから、最近ジョブ変更してもらったぞ？
見習い戦士が一人増えたことで戦闘がかなり安定した。

706：名前：名無しの探索者

>>705
うちもうちも。

うちは斥候系のジョブのやつがあまりにも役立たずだから最近追い出しちゃった。

もうすぐDランクダンジョンに進出するつもりだけど特に問題は起きてないぞ。

下の階に辿り着けなくなったけど、EランクダンジョンではFランクと違って踏破を目指してないし。

Dランクでも踏破は目指さないだろ？

707：名前：名無しの探索者
>>704－706
Eランクまでは斥候職は大して役に立たないかもしれないな。

特に踏破しないと大して稼げないFランクダンジョンと違って、モンスターを倒せばある程度稼げるEランクダンジョンはマッピングとかも適当で大丈夫だし。

けど、Dランクダンジョンからはトラップがあるから斥候職は必須だぞ？

全員アタッカー職のパーティーがEランクダンジョンまでは順調だったけど、Dランクダンジョンに行けなくて、泣く泣くジョブを育て直すことになったとかいう話は聞いたことがある。

708：名前：名無しの探索者

＞＞707
本当ですか！　今のうちに斥候職探しておかないと！

昨日即席パーティーを組んだソロで潜ってる盗賊の人に声をかけてみようかな？

パーティーに入ってもらった感じ、いい人そうだったし。

もうすぐランクがVになるっていうのに、ランクが下の僕たちのことを侮らずに色々教えてくれたんですよね。

最近まで組んでたパーティーに追い出されて、入れるパーティー探してたらしいので、誘えば入ってくれると思います。

アドレスも交換したから、今から誘ってみます。

709：名前：名無しの探索者
＞＞707
まじか！　危ねぇ！
明日、斥候職だったやつにジョブを斥候職に戻すように言っておかないと！

710：名前：名無しの探索者
＞＞707
嘘だろおい！

嘘だと言ってくれ！
全員のジョブランクがVになったから、今月中に全員分の装備を揃えて来月にはDランクダンジョンに挑戦するつもりなのに！

711：名前：名無しの探索者
＞＞710
草
どんまい！
一人ジョブを見習い盗賊にして、一から育て直すんだな。
斥候職のソロってそれで完結してるから、Eランクまでソロならもうパーティーに参加することはないだろうしな。

712：名前：名無しの探索者
＞＞710
ざまぁ！
こんなところでインスタント追放ざまぁを見れるとは思わなかった。

713：名前：名無しの探索者

そうだ！　あいつ、追い出した盗賊に帰ってきてもらえばいいんだ！

７１４：名前：名無しの探索者
＞＞７１３
流石に、一度追い出したメンバーは戻ってこないだろ。

７１５：名前：名無しの探索者
＞＞７１３
俺なら自分を追い出したパーティーのところには戻らないな。

７１６：名前：名無しの探索者
＞＞７１４－７１５
いや、あいつは戦闘力は大して高くないし、パーティーの方がモンスターを倒すスピードは断然速い。
それに、俺たちの信頼はこの程度じゃ崩れない！

７１７：名前：名無しの探索者
＞＞７１６

現実を見ろ。

斥候職は戦闘能力は高くないけど、ゼロじゃない。

時間はかかるかもしれないが、ソロでもなんとかなる唯一のジョブだ。

確かに、パーティーよりもDPSは下がるからモンスターを倒すまでに時間はかかるかもしれない。

けど、たとえ十倍の時間がかかったとしても、報酬は五倍なんだからそこまでコスパも落ちてないし。

モンスターを探すためにかかる時間を考えると、差引プラスかもしれないな。

718：名前：名無しの探索者
>>716
信頼ｗｗｗ
お前が追放した時点で相手のお前に対する信頼は地に落ちてるよｗｗｗ

719：名前：名無しの探索者
>>717-718
あいつは寂しがり屋で、パーティーでダンジョンに潜るのが楽しいって言ってたんだ！

また一緒に潜ろうぜって言ったら、きっと一緒に潜ってくれる！

あいつには俺たちのパーティー以外に居場所がないはずだ!!
くそ！　どうしてだ！　どうして着拒されてる!!

720：名前：名無しの探索者
＞＞719
そら、自分を追い出したメンバーは着拒にするだろ。
俺ならそうするし。

721：名前：名無しの探索者
＞＞719
いくら寂しがり屋でも自分を追い出したパーティーには戻らねぇよ。
ってか、その特徴って、708が誘おうとしてた盗賊の探索者と同一人物じゃね？

722：名前：名無しの探索者
＞＞707
やりました！
OKしてもらいました。
同性の盗賊が見つかるまでって約束ですが。

女の子ばかりの中に男が一人混ざっても別に気にしないのに。
あれ？
知らないうちになんか話進んでます？

７２３：名前：名無しの探索者
＞＞７２２
くっそぉぉぉぉぉ！

７２４：名前：名無しの探索者
＞＞７２３
お前んとこの盗賊、めっちゃ勝ち組になってっぞｗｗｗ

７２５：名前：名無しの探索者
＞＞７２３
これは爆笑不可避ｗｗｗ

７２６：名前：名無しの探索者
＞＞７２３

読んできました！
彼はもう渡しませんから!!

727：名前：名無しの探索者
＞＞724－726
はぁぁぁぁぁ。
仕方ない。誰か、他の探索者を探して、見習い盗賊にするしかないか。
今、戦士、魔法使い、僧侶、商人でバランスいい感じになってるから、これを崩すわけにもいかないし。
ジョブを変更するなら商人のやつになるだろうけど、せっかく見習い商人から商人に上がってドロップが相当良くなったのに、変えちゃうのはもったいないからな。
商人のジョブ結構気に入ってるみたいだし。

728：名前：名無しの探索者
＞＞727
切り替え早いな！
それにしても、商人がいるパーティーか。珍しいな。
商人は育てにくいからパーティーメンバにいるってことは稀なんだよな。

確かに、その編成なら、どっかから探索者を一人連れてきて盗賊をゼロから育てた方が良さそうだな。

729：名前：名無しの探索者
＞＞728
どっかから探索者を一人連れてくるってどうやるんだよ？
うちなんて、追加人員が半年以上見つかってなくて四人組のままだぞ？

730：名前：名無しの探索者
＞＞729
斥候職ならメンバー募集板で探すのが一番楽かな。
つ［リンク］
まあ、掲示板で探す場合はジョブのマッチングがなかなか難しいんだけどな。
回復職やサポート職は引く手あまただから掲示板で探すのはほぼ無理だ。
他には、低ランクのダンジョン内で片っ端から声をかけまくるとかもある。
その場合、Fランクのダンジョンをソロで潜ってるやつが狙い目だな。
まだ見習い職だろうから、パワーレベリングする代わりに、指定のジョブについてほしいっていう交渉もできる。

731：名前：名無しの探索者
＞＞730
へー。こんな掲示板もあるんだな。
サンクス。

732：名前：名無しの探索者
＞＞730
今回は掲示板で探すかな。
商人を探すときはジョブを変更してもらわないといけないってこともあってFランクダンジョンで探したけど。
Fランクのダンジョンに潜ると稼ぎがガッツリ減るからな。
メンバー探すのに何日もかかるし。

733：名前：名無しの探索者
＞＞732
それが正解だろうな。
商人までいるパーティーなら参加したい見習い盗賊は多いだろう。

まあ、新しく入った盗賊のジョブを育てないといけないから、Dランクダンジョンへの進出は相当先になるだろうが。

734：名前：名無しの探索者
>>733
そうなんだよな～。
ちっくしょぉぉぉぉぉ!!

書き下ろし番外編

# 京子との朝

「……おはよう」

「あ、おはようございます」

京子と宇都宮に遊びに行った日の翌日、朝俺が起きると、京子はキッチンで朝食の準備をしていた。俺が挨拶をすると京子が返事を返してくれる。ローテーブルにはすでに朝食の準備がほとんど出来上がっていた。なんかいい匂いがすると思ったが、どうやらこれだったみたいだ。

俺のお腹がぐーっとなる。寝ている間は食事を摂れないが、エネルギーだけは消費していくので、朝はいつも腹ペコ状態だからな。こうして朝起きると朝食ができているというのは幸せ以外の何物でもない。

「お味噌汁用意するので、少し待っていてくださいね」

「わかった。ちょっと顔を洗ってくる」

「はい」

俺は京子の横をすり抜けて、洗面所へと向かう。

京子と生活を始めて数日が経った。京子が来てから、毎日朝起きたら京子が朝食を完成させており、すぐに食べられる状態になっている。最初は京子にばかり働かせるのは悪いと思った。だが、京子より先に起きようとして何時に起きても、大体京子の方が先に起きているのだ。

どうも、京子は居候をしているから先に起きるのは当然だと思っているみたいだ。五時に起きた時にすでに起きていたので、それ以来、七時くらいまでは寝ているようにしている。俺が早く起きると京子はもっと早く起きちゃうってことだからな。俺は昼間は暇してるから寝ることもできるが、京子はそうはいかない。京子は真面目だから授業中に居眠りとかもしなさそうだし。

俺も京子も探索者になってから短時間の睡眠でも大丈夫になっているようなので、寝不足で居眠りとかはしない気もするが。昨日は帰ってきたのが十二時過ぎで、家に帰ってきた後もなんだかんだと話をしていたため、三時くらいまで起きていた。だから、実質的には四時間ほどしか眠っていない。「四時間しか寝てねぇ！」ってやつだ。

社会人時代は四時間しか寝ていなければ頭が回らなくて仕事ができなかった。これも歳のせいかとか考えていたものだ。だが、今朝は眠気スッキリの状態だ。こういう点をとっても探索者になってよかったと思う。

「あれ？　タオルは？」

「!!」

顔を洗うとタオル掛けのタオルがなくなっていた。タオル掛けから落ちたのかと思って地面を見てみるが、落ちている様子もない。確か昨日の夜に新しく買ってきたタオルを出したところだったはずなんだが。夜寝る前に出して一度使っただけのはずだから、そこまで汚れてもいないはずだし。

「あ！　タオルは洗濯するので新しいのを使ってください」

「……わかったー」

どうやら、京子が洗濯をするために持っていってしまったらしい。もしかしたら、京子は新品のタオルは一度洗濯してから使う派だったのかな？　俺は洗濯の終わったタオルを出して顔を拭いた。

新しいタオルは俺が一度しか使ってないわけだから洗うにはもったいない気もするが、ざっと見まわして見つからないので、別のを使うしかない。まさか、もったいないから一度回収したものを戻してくれと京子に頼むわけにもいくまい。回収されたということは他の洗濯物とも一緒に扱われてそうだし。

（まぁ、二人で生活してるとこういうことがあるよな）

最近は京子が洗濯をするせいか、洗濯物がなくなることがある。脱いだ下着とかシャツが何処かへ行ってしまうのだ。一人の時は脱いだ物は洗濯機に直接放り込んでいた。今だってそうだがシャワーを浴びて出てくるとなくなってたりする。

多分、京子が自分の洗濯物と一緒にどこかに保管しているのだと思う。全部集めたあと、分別して洗濯してるんじゃないだろうか？

俺は面倒だから洗濯機の中に洗濯物を放り込んでいたが、実は洗濯機の中に洗濯物を保管するのは良くないらしい。物によってはカビたりするみたいだ。洗濯機の中はどうしても湿度が高くなってカビとかが繁殖しやすい。だから、どこかカビないところに保管してるんじゃないだろうか？

分別して洗うためにも、数日分の洗濯物をいっぺんに洗濯するほうが効率的だ。俺は一人の時は一週間分の洗濯物をいっぺんに洗っていた。

（洗濯って結構面倒なんだよな）

色柄ものとか、お洒落着とか、実は分けて洗わないといけないらしい。物によっては洗剤や柔軟剤も変えないといけないのだとか。ネットに入れて洗わないといけないものがあったり、乾燥をかけると縮んでしまうので、乾燥機にかけられないものもあったりする。

俺一人の時はかなり適当だった。洗濯なんて汚れが取れればいいと思ってたからな。それに、買い物の時点で洗濯が面倒そうなものは買わないようにしていたし。だけど、同居人が増えればそうはいかない。特に女の子は洗濯しにくいから衣服を我慢するっていう選択肢はなさそうだし。細かい部分を注意しないといけない人がいるなら、その人に合わせないといけない。

かといって、教えてもらってその通りに洗濯するのも難しい。結果、洗濯は京子にお任せの状況だ。……成人男性の俺が女子高生の服を洗濯するのもなんか犯罪っぽいしな。下着とかがなくなったりしたら大変だ。盗んだとか思われるかもしれない。下着とか靴下とかの小物は注意してても洗濯機の陰に落ちちゃってなくなったりするし。最近心なしか俺の下着が減ってる気もするのだ。それも部屋のどっかに行っちゃってるんじゃないかと思う。男の俺は「まぁ、そのうち出てくるだろ」で済ませられるが、女の子だと気にしちゃうかもしれないからな。

唯一の救いは洗濯機は乾燥機付きのもので洗濯はかなり楽ってところか。社長の奥さんに勧められて少し高いドラム式の洗濯乾燥機を買ったんだよな。当時は奮発したことで貯金も大変なことになったが、今考えてみるとかなりいい買い物だった。洗濯物を干したり取り込んだりするのは結構な手間になるのだ。その手間がなくなって初めて結構な手間をかけていたと気づいた。今ではもう乾燥機無しの生活には戻れない。

「お待たせ」

俺が顔を洗って戻ってくると、テーブルの上には朝食の準備が完成していた。京子もすでにテーブルについており、準備は万端だ。

「全然待ってませんよ」

「そうか？　ならよかった」

いつも急いで朝の支度を整えるのだが、京子の朝食準備に勝ったためしがない。お茶碗に注いだばかりのご飯やお味噌汁はまだしも、作るのに結構時間のかかる料理なんかもホカホカなので待っていないというのは事実だと思う。だが、俺がいつ起きてくるかわからないはずなのにこんな完璧なタイミングで朝食ができているのはなぜなのか？

（起こされた覚えもないんだが。目覚まし時計だってまだ鳴ってないし）

今日は土曜日だから目覚ましはセットしていないが、平日は朝寝すぎないように目覚ましをセットしている。だが、最近は目覚ましよりも先に起きるのが常となっている。そのため、朝起きる時間は一時間ほどのずれが発生している。

それでも、朝起きれば完璧なタイミングで朝食が完成していた。目覚める直前はレム睡眠になるらしいからじっと観察していたら起きる兆候もわかるらしいが、結構しっかりと観察していないとその兆候は捉えられないと聞く。まさか京子が俺の寝顔をじっと観察しているなんてことはないはずだしな。

俺は一瞬、京子が熱をふくんだ瞳で眠っている俺を見下ろしている光景が目に浮かんだが、首を振ってすぐにその想像を追い出した。想像した映像がまるで見てきたかのように鮮明だったがきっと気のせいだろう。

（やべ。変な想像をしていたせいで、変な顔になってたかも）

会社の元同僚曰く、俺は結構百面相をしていることが多いらしい。強面で百面相をしているとめちゃくちゃ怖いから気をつけたほうがいいと言われたことがある。

俺は表情を直して京子の方を見ると、京子と目が合ってしまう。

「？　どうかしたか？」

「いえ。なんでもないです！　さ、さぁ、食べましょう！」

「そうか？　……じゃあ、いただきます」

「いただきます」

今日は鮭の切り身に海苔、お味噌汁と『ｔｈｅ日本の朝食』という感じのメニューだった。ご飯党な俺に合わせてくれているのだろう。京子は特に朝食にこだわりはないようだし。

なんか、パンよりご飯の方がお腹に溜まる気がするんだよな。実家では朝ごはんが和食だったというのも理由の一つだろう。子供の頃からの習慣というのはなかなか抜けないものだ。

そんなわけで、大体朝は和食だ。

「どうですか？」

「うん美味い。これならーー」

「これなら!?」

俺が「これなら毎日でも食べたいくらいだ」と言おうとすると、京子が食い気味に迫ってくる。

そんな京子の様子を見て俺はハッとなった。

○○○

「これなら毎日でも食べたいくらいだ」

「え？」

「え？」

「それってもしかして、プロポーズですか？」

「いや、ちが……」

俺が否定のセリフを言おうとすると、京子はハイライトの消えた冷たい瞳で俺の方を見てくる。表情からは感情が抜け落ち、めちゃくちゃ怖い。いつも優しく微笑んでくれているから余計にだ。

俺は思わず、息を呑んだ。

「サグルさん。もしかしてそんなつもりで私のことを連れ込んでたんですか？」

「そうじゃない！」

「……そうですか」

そう言うと、京子は朝食を手早く食べて食器を片付けていく。この様子では俺の言葉は信じてもらえていないようだ。だが、何といえば信じてもらえるのか、俺にはわからなかった。

京子は無言のまま出発の準備をはじめた。

いや、出発の準備だけじゃない。歯ブラシなどの日用品もカバンへと詰め込んでいく。

俺の部屋からどんどん京子のいた痕跡が消えていく。京子との繋がりがどんどん切れていくようで、心の奥が冷たくなっていった。

数分後、カバンに荷物を詰め込んだ京子は立ち上がる。そして、この間ダンジョンでドロップしてずっとつけていたネックレスを外す。

外したネックレスをテーブルの上においた。

「これ、差し上げますね」

「きょ、京子？」

「今晩からは朱莉ちゃんの家にお世話になることにします。私のシャンプーとかは処分しておいてください」

「京子ォォォォォ‼」

パタンと扉の閉まる音が一人きりになった部屋に虚しく響いた。

〇〇〇

「グハァ！」

「サグルさん⁉」

京子が隣に駆け寄ってきて優しく背中をさすってくれる。京子の手のひらから熱が伝わってきて、とても落ち着く。しばらくしたら心の痛みも和らいできた。

「大丈夫ですか？　少し横になりますか？」

「い、いや、大丈夫だ。なんでもない」

しまった。想像だけで無駄にダメージを受けてしまった。優しい京子がそんなことを言うはずないのに。もし、失言してしまったとしても、現実の京子は想像の京子と違って優しく聞き流してくれるだろう。あって苦笑いをされるくらいだ。

……それはそれでダメージが大きい気もするが。

「そうですか、それならいいんですが」

京子はそう言って可愛く首を傾げたあと、食事に戻る。

「(しまった。思わず食いついちゃった。食いつけばサグルさんは引いちゃうってわかってたはずなのに！)」

「ん？　何か言ったか？」

「いえ。何でもありません」

「そうか？　それならいいんだが」

何か言っていたような気もするが京子が何もないというのだから、何もないのだろう。ただでさえ心にダメージを受けている今、下手に藪(やぶ)を突いて蛇が出てきたら大変だ。俺も食事に戻った。

「そ、そういえば、今日は学校休みだよな？　なんか予定あるのか？」

今日は土曜日だった。京子の学校は休みだ。

「うーん。少し買い物に行ってこようと思ってます。色々と買いたいものもあるので」

「そういえば、色々と代用品で済ませてたよな」

家には帰らないと母親に宣言してきたので、京子は当分はこの家に住むことになった。俺の想像のように急に出ていっちゃうってことはないと思う。

それなら、買い揃えておいたほうがいいものは多い。今までも生活はしてきたが、代用品で済ませているものは意外と多い。

今は母さんが泊まりにきた時に使ってるエアーマットレスと客用に準備していた安物の掛け布団を使っている。エアーマットレスはだんだん空気が抜けていく。そのため、定期的に空気を入れ直さないといけないから結構面倒だ。ずっと使うなら普通のマットレスを買ったほうがいいだろう。掛け布団や枕だって、自分に合ったものを選んだほうがいいと思う。

幸い、お金には困っていないんだし。

「せっかくだし、テーブルとかも買い替えたほうがいいかもしれないな」

「そうですね。少し小さい気がします」

俺はずっと一人で生活してきていたので、二人で生活すると考えると色々と不便な部分がある。

今、使っているテーブルだって、一人用と思って買ったからかなり小さい。二人分の料理が並ぶとかなりギリギリだ。そう考えてみると、今までは自炊をしてなかったから冷蔵庫は一人暮らし用の一番小さいサイズだが、自炊の食材を入れてしまうと空きスペースはほとんどない。これだって買い替えたほうがいいかもしれないな。

「じゃあ、一緒に買い物に行くか」

「いいんですか？」

「あぁ。テーブルみたいに二人で使うものもあるだろうし、それなら二人で買いに行ったほうがいいだろ」

テーブルや冷蔵庫みたいな家具や家電も買い替えるなら一緒に行ったほうがいいだろう。それに、ものによっては車で運んだほうがいいものもあると思う。

溜まってる漫画やアニメはまた京子が学校に行く平日に消化していけばいいし。

「じゃあ、朝食をとったらいこうか」

「はい！」

俺たちは美味しい朝食を食べたあと、買い物へと向かった。

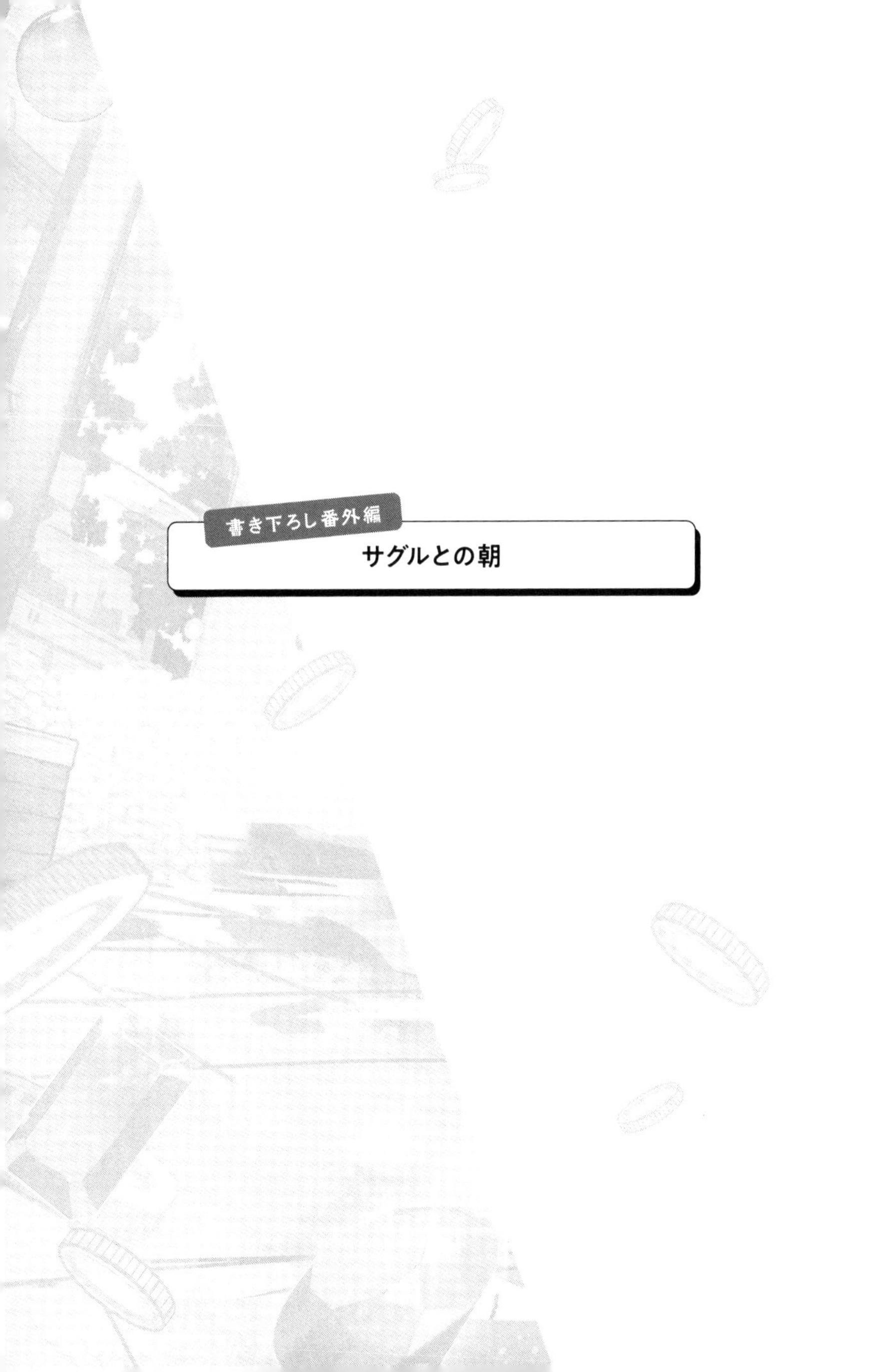

書き下ろし番外編

# サグルとの朝

「……」

サグルと一緒に宇都宮にデートに行った翌日。京子は朝起きてスヤスヤと眠るサグルの寝顔を一人で眺めていた。

「……そろそろ朝ごはんの支度をしたほうがいいかな？」

サグルの瞼がピクピクと動き始めたので、京子は名残惜しい気持ちを抱えながらキッチンの方へと向かう。ギリギリまで眺めていたい気持ちもあるが、眺めているうちに目を覚ましてしまったら大変だ。寝ているサグルをじーっと見つめていると知られたら気持ち悪いと思われてしまうかもしれない。

前に一度、京子がサグルの寝顔を見つめている時にサグルが目を覚ましてしまったことがある。その時はすぐにまた眠ってしまったのでことなきを得た。

その日は起きた後もずっと何か言われるんじゃないかとドキドキしていた。どうやら、起きた直後に京子と目が合ったことをサグルは覚えていないようで、何かを言われることはなかった。すぐに眠ってしまったし、おそらく寝ぼけていたのだろう。次も大丈夫かもしれないが、ダメだった時、距離を取られると大変だ。

ここ数日、サグルと一緒に過ごしてきて、京子はサグルには精神的にも肉体的にも相手が近づいていると距離を取る習性があるとわかった。こちらが近づいていると気づかれると距離を取られてしまうのだ。気づかれなければかなり至近距離まで近づけるのだが。

野良猫みたいでちょっと可愛いと思う。

（多分、信頼している人に裏切られたか何かしたんじゃないかな？）

学校の友達に同じような行動をとる娘がいた。

その娘は今では普通になったが、中学の時に親友からてひどい裏切りにあったらしく、裏切られるのが怖くてそれ以来親友は作らないようにしていると言っていた。まぁ、その子もサグルさんも根は寂しがりやみたいなので、放っておけば近づいてくるのだが。

何にせよ、気づかれたら距離を取られてしまうので、気づかれないように距離を詰めて行く必要がある。

（今日もサグルさんに美味しいもの食べてもらわないと）

「胃袋を掴む」という言葉があるように美味しい食事は仲良くなるのにとても有効だ。

京子は野良猫に餌を与える自分を思い浮かべながら、朝食の準備を始めた。

＊＊＊

「……おはよう」

「あ、おはようございます」

京子が料理を作り始めてからしばらく時間が経った。あと少しで朝食の準備ができあがるという頃になってサグルが起きてきた。どうやら、朝食の香りを嗅いで目を覚ましたみたいだ。ぐ～～という可愛い音がサグルのお腹から聞こえてきた。

餌付けは順調に進んでいるらしい。

「お味噌汁用意するので、少し待っていてくださいね」

「わかった。ちょっと顔を洗ってくる」

「はい」

サグルは京子の隣を通り抜けて洗面台の方へと消えて行く。

サグルは最近このくらいの時間に起きる。京子がサグルの家に厄介になり始めて数日は起きる時間がどんどん早くなっていっていた。おそらく、京子よりも早く起きて朝食の準備をしようと思ってくれていたのだと思う。

だが、この部屋のキッチンは狭い。二人で作業するのは少し難しい。

狭いキッチンで一緒に料理するというのにも憧れるが、まだそのタイミングではないだろう。

「あれ？　タオルは？」

「!!」

洗面台から聞こえてきたサグルの声に京子はどきりとする。それは今朝のことだ。

＊＊＊

朝起きて京子が洗面台に行くと、昨日とはタオルが変わっていた。しかも、そのタオルはかなり新しいものに見えるが、使った痕跡があった。

(サグルさんのにおい)

京子はそのタオルに顔を埋めると、うっすらとサグルの匂いを感じた。そのタオルに顔を埋めていると、まるで、サグルに顔を埋めているような気持ちになってくるのだ。

（これはちゃんと保護しておかないと）

京子はそのタオルを手に取り、周りを見回す。サグルはまだ起きてくる様子はない。ちょうどかなり深い眠りに入っているところのようで、今なら少しくらい音を立てても起きないだろう。

京子はサグルを起こさないように静かに自分のカバンに近づいて中からビニール製のチャック付き袋を取り出す。そこにはすでに京子が保護したサグルの服が入っていた。

（このことがバレたら引かれちゃうかもしれないから、絶対に秘密にしないと）

京子は袋のチャックを開けて大きく息を吸い込んだあと新たに保護したタオルを袋にしまい、チャックを閉める。チャックがきっちりとしまっていることの確認も忘れない。少しでも空いていればせっかくの匂いが逃げてしまう。

「う、うぅん」

「!!」

京子は慌ててカバンを閉じてサグルの方を確認する。

「……すー。すー」

どうやら、寝返りを打っただけみたいだ。サグルは規則正しく寝息を立てている。

寝ている時のサグルはいつも以上に無防備だ。特に最近は最初の頃よりも警戒心を解いてくれたのか、こんなふうに京子が見つめていても起きてくる気配を見せない。

「……」

そのあと京子はサグルの眠りが浅くなるまでずっとサグルの寝顔を眺めていた。

＊＊＊

（しまった！　新しいタオルを出すの忘れてた！）

サグルの寝顔を観察するのに夢中になっていた京子はサグルの使ったタオルを保護した後、新しいタオルを出すのを忘れていた。昨日出したはずのタオルがなくなっていればサグルだって京子がタオルを取っていったと気づいてしまう。

（いや、ここで慌てちゃダメよ。京子！）

基本的に洗濯は京子がしている。京子の下着をサグルに触られるのが恥ずかしかったからだ。洗濯物はある程度まとめて洗濯機にかけるのが効率的だ。少なくとも三日分くらいは溜めてから洗濯しないと、手間的な意味でも節水的な意味でも効率が悪くなってしまう。だが、その間、洗濯物を放置してしまうと、サグルに京子の下着が見られてしまう恐れがある。それはかなり恥ずかしい。

そのため、洗濯物は自分の鞄の近くにまとめて保管してある。タオルやサグルの衣服も一緒にだ。だから、洗濯するために持って行ったか、京子が保管するために持って行ったかはサグルには判断できないはず。京子がなくなって当然のような行動をすればサグルはきっと何も気にせず新しいタオルを使ってくれる。

京子は唸りを上げる心臓を無理やり押さえつけて、洗面所にいるサグルのほうに声をかける。

「あ！　タオルは洗濯するので新しいのを使ってください」

「……わかったー」

（ほ。よかった）

サグルは何も疑わずに新しいタオルを出して顔を拭いてくれたみたいだ。京子は胸を撫で下ろして料理の続きを始めた。

次は絶対にタオルを出すのを忘れないようにしようと心に決めながら。

＊＊＊

「お待たせ」

しばらくして、サグルは洗面台の方から戻ってきた。京子はちょうど料理をローテーブルへと並べ終えたところだった。

ローテーブルの上には所狭しと料理が並んでいた。元々一人用のテーブルなので、かなりキツキツだ。

お金にも困っていないし、買い換えるのも考えたが、この家の家主はサグルだ。京子が勝手に買い換えるわけにもいかない。

（それに、せっかくならこの家にずっといるって決まってから、サグルさんと一緒に買いに行きたいしね）

〇〇〇

「うん美味い」

「ほんとですか？」

サグルは京子の料理を美味しそうに食べながら、満面の笑みを京子に向けてくる。サグルが嬉しそうにしてくれると京子も嬉しくなる。

京子が笑顔でサグルの方を見ていると、サグルは急に真剣な顔になり京子の方を見返してくる。サグルのかっこいい顔を見て、京子の心臓は早鐘を打つ。

「あぁ！　これなら毎日でも食べたいくらいだ」

「え？　それって」

それはプロポーズの常套句(じょうとうく)では？　京子は自分でもわかるくらいに顔が赤くなっていった。しかし、状況は待ってはくれない。サグルはテンパっている京子の手を優しく、包むように握る。

「京子！　結婚しよう！」

「!!　……はい！」

京子は真っ赤な顔でうなずいた。

○○○

「？　どうかしたか？」

「いえ。なんでもないです！」

妄想から帰ってくると、サグルとバッチリ目が合ってしまう。まずい、変な想像をしていたことがバレていないだろうか？

「さ、さぁ、食べましょう！」

「そうか？　……じゃあ、いただきます」

「いただきます」

何とか誤魔化せたようで、サグルは一度不思議そうに首を傾げたあと、手を合わせて挨拶をして、食事を始めた。京子もサグルの様子を窺いながら食事を始める。

（よかった。今日も気に入ってもらえたみたい）

サグルの表情は最初は少しわかりにくかったが、最近では何を考えているかわかるようになってきた。

一口朝食を口に入れると、サグルの表情が目に見えて緩んでいく。この表情は美味しかった時の顔だ。少し薄めの味付けをして正解だった。サグルはどうも西の方の出身のようで、薄口が好みなのだ。

「どうですか？」

「うん美味い。これなら――」

「これなら⁉」

京子の頭の中でさっきした自分の想像がフラッシュバックした。そして、思わずサグルの方に身を乗り出してしまう。

「グハァ！」

「サグルさん⁉」

サグルは急に近づいてきた京子に少しびっくりした後、急に胸の辺りを押さえて苦しみだす。もしかしたら、びっくりして食事が変なところに入ってしまったのかもしれない。京子は慌ててサグルの隣に駆け寄り、優しく背中をさする。

「大丈夫ですか？　少し横になりますか？」

「い、いや、大丈夫だ。なんでもない」

「そうですか、それならいいんですが」

京子が背中をさすっていると、サグルは次第に落ち着きを取り戻した。京子は少し名残惜しい気持ちを感じながらも自分の席に戻る。

「(しまった。思わず食いついちゃった。食いつけばサグルさんは引いちゃうってわかってたはずなのに！)」

京子は心の底から自分の失敗を悔しがる。サグルはこちらから近づいていけばびっくりして逃げて行ってしまう。距離を詰めるには向こうから近づいてくるのを待つしかないのだ。

今のタイミングは距離が近づく絶好のチャンスだった。美味しい料理のおかげでサグル側から距離を詰めてくれそうだったのだ。

だが、京子ががっついたせいでまた距離を取られてしまった。結果的にプラスマイナスゼロになっているようなので、そこまでの被害はないが、次にサグルから距離を詰めてきてくれるのはまた少し先になってしまうだろう。

つまり、京子は絶好の機会を逃してしまったということだ。

「ん？　何か言ったか？」

「いえ。何でもありません」

「そうか？　それならいいんだが」

サグルは少し怪訝そうな顔をしながらも食事に戻る。

さっきのやりとりのせいで、会話が完全に途切れてしまい、少し重たい空気が二人の間にできあがってしまった。京子は何とか話題を振ろうと思ったが、さっきがっついたせいで距離が開いてしまったばかりだ。

次に失敗すれば今まで以上に距離が開いてしまうかもしれない。失敗できないと思うとうまく言葉が出てこなかった。

「そ、そういえば、今日は学校休みだよな？　なんか予定あるのか？」

そんな状況を打開してくれたのはサグルだった。京子は内心でガッツポーズをとりながら、サグルにはそれが悟られないように平気な顔をする。

それに、今の空気を変えるためというのもあるが、昨日は帰ってきた時には疲れ切っていたので、今日の予定はサグルと話し合っていなかった。ダンジョンに行くにしても、行かないにしても今日の予定は朝のうちに決めておかないといけない。

京子は頬に指を当てて今日の予定を考え始めた。

「うーん。少し買い物に行ってこようと思ってます。色々と買いたいものもあるので」

「そういえば、色々と代用品で済ませてたよな」

京子は当分はサグルの家に住むことになる。学校の先生にもその方向で話をしている。先生は少し困ったような顔をしていたが、何とか了承してくれた。

先生は今新婚らしいし、自分の家に招くわけにもいかないだろう。かと言って、他の生徒の家に行くように説得するのも問題がある。何かあった時に責任も取れないし。

結果、サグルの家に身を寄せることを認めてくれたみたいだ。サグルも当分は家にいていいと言ってくれた。長期間宿泊するとなると色々と入り用になってくる。今は借り物の寝具を使っているし、荷物だって「お泊まりセット」っていう程度のものしかない。

色々と買い揃えたいものもあるのだ。

「せっかくだし、テーブルとかも買い替えたほうがいいかもしれないな」

「そうですね。少し小さい気がします」

さっき京子も考えていたが、やはり、サグルもこのテーブルは狭いと思っていたらしい。本当は家具を買い揃えるのは想像のようにずっとこの家にいると決まってからにしたいが、まぁ、仕方ない。

それに、サグルとの仲が進展していけば、引っ越したりすることもあるだろう。恋人として生活雑貨を買いに行くのはその時の楽しみにとっておこう。

「じゃあ、一緒に買い物に行くか」

「いいんですか？」

「あぁ。テーブルみたいに二人で使うものもあるだろうし、それなら二人で買いに行ったほうがいいだろ」

　京子は身を乗り出したい気持ちを抑えてサグルに返事をした。ここでがっつけばまた引かれてしまう。

「じゃあ、朝食をとったら行こうか」

「はい！」

　京子は手早く朝食を終えて、サグルと一緒に外出する準備をした。サグルの手前、平静を装っていたが、今にもスキップしてしまいそうな気分だった。

# あとがき

初めてお会いする方ははじめまして。以前にも私の作品を手に取ってくださったことがある方はお久しぶりです。

砂糖多労です。

このたびは拙作を手に取っていただき、本当にありがとうございました。

この作品はＷｅｂ発の作品で「現代ダンジョン物」と言われるジャンルに分類される作品です。この作品を書き始めた当初、Ｗｅｂではやってる現代ダンジョン物といえば、『社会にダンジョンが受け入れられており、ダンジョンがあるのが当然』って物が多いので、せっかくなら『社会の裏でダンジョンという非現実が広がっている』というような作品を書きたいなと思い、この作品を書き始めました。何かそっちの方が「ファンタジー！」って気がしたので。僕の気のせいかもしれませんが。

そういう理由もあり、ダンジョン内での話より、ダンジョンの外での話が多くなっていたりします。

僕が設定厨なこともあり、設定も無駄に凝っています。凝りすぎて作者である自分もわからなくなることがあります。

設定を知らなくてもなんとなくで読めるようにはしているのですが、読みにくかったらすみません。「おや？」っと思った部分があっても流していただけるとありがたいです。もしかしたら先で使う設定の伏線かもしれません。そういうことにしておきましょう。

そろそろあとがきのスペースもなくなってきたので最後に謝辞で示させていただきます。

この作品はたくさんの方の協力のおかげで出版することができました。

イラストレーターのキッカイキ様。素敵なイラストをつけてくださり、ありがとうございます。いつもイラストが届くたびに飛び跳ねて喜んでおります。

担当編集の伊藤様。何度もミーティングを重ね、指摘いただきありがとうございます。おかげさまでなんとか出版までこぎつけることができました。

そして、この本を手に取って読んでくださった読者の皆様。本当にありがとうございます。

皆様が読んでくださることで初めて私の書いた文字列は小説になると思っています。

気に入っていただけたなら、これから先も読んでいただけるととてもうれしいです。

それでは、またお会いしましょう。

砂糖多労

砂糖多労 Satou Tarou　Illust キッカイキ

2024年秋発売！

二人とも
ありがとう
……！

MISSION

社長令嬢を

高卒、無職、ボッチの俺が、現代ダンジョンで

# 億を稼げたワケ2

～会社が倒産して無職になったので、
今日から秘密のダンジョンに潜って
稼いでいこうと思います～

出来損ないと
呼ばれた元英雄は、
実家から追放されたので
好き勝手に生きることにした
テレ東・BSテレ東・AT-Xほかにて
TVアニメ絶賛放送中!
「Blu-ray＆DVD BOX 上巻が2024年7月26日(金)発売!」

アニメ化決定!!!
没落予定の貴族だけど、
暇だったから
魔法を極めてみた
©三木なずな・TOブックス／没落貴族製作委員会

## COMICS

［漫画］秋咲りお

※8巻書影

最新話はコチラ！➡

**コミックス①～⑧巻**
**好評発売中！**

## NOVEL

［イラスト］かぼちゃ

没落予定の貴族だけど、暇だったから魔法を極めてみた
8
三木なずな
かぼちゃ

※8巻書影

**原作小説①～⑧巻**
**好評発売中！**

## SPIN-OFF

［漫画］戸瀬大輝

最新話はコチラ！➡

**「クリスはご主人様が大好き！」**
**コロナEXにて**
**好評連載中！**

## ANIMATION

### STAFF

原作：三木なずな『没落予定の貴族だけど、
暇だったから魔法を極めてみた』（TOブックス刊）
原作イラスト：かぼちゃ
漫画：秋咲りお
監督：石倉賢一
シリーズ構成：髙橋龍也
キャラクターデザイン：大塚美登理
音楽：桶狭間ありさ
アニメーション制作：スタジオディーン×マーヴィージャック

botsurakukizoku-anime.com

**シリーズ累計 75万部突破!!**（紙＋電子）

**高卒、無職、ボッチの俺が、現代ダンジョンで億を稼げたワケ**
**～会社が倒産して無職になったので、**
**今日から秘密のダンジョンに潜って稼いでいこうと思います～**

2024年7月1日　第1刷発行

著　者　**砂糖多労**

発行者　**本田武市**

発行所　**TOブックス**
〒150-0002
東京都渋谷区渋谷三丁目1番1号　PMO渋谷Ⅱ　11階
TEL 0120-933-772（営業フリーダイヤル）
FAX 050-3156-0508

印刷・製本　中央精版印刷株式会社



ISBN978-4-86794-213-0

Printed in Japan